나약한 겁쟁이가 마음속 영웅을 찾아가는 나의 이야기가
당신만의 특별한 이야기를 찾는 데에 도움이 되길 바라며…

-임다미

The   hero

The 더히어로 hero

호주 엑스팩터 역대 최초 동양인 우승자
임다미의 마음속 영웅을 찾아가는 이야기

DAMI IM

임다미 에세이

스타라잇

이 책을 내 온 마음으로 사랑하는
나의 해리에게 바칩니다.

한국의 독자들에게

인스타그램, 페이스북 등 SNS에 달린 여러분의 댓글을 읽을 때면 한 번도 만나본 적 없는 분들이지만 가족처럼 친근하게 느껴집니다. 아마도 한국인 댓글의 특징 덕분일 거예요. 예리하고 재치 있는, 읽다가 무심코 '풋' 웃음이 터지게 만드는.

때론 제 마음속에 긴 여운을 남길 만큼 진실한 격려의 글. 태평양 건너 멀리서 활동을 하는 제게 10년이 넘도록 따뜻한 응원과 격려를 보내주신 한국분들께 드디어 감사하다는 인사를 드립니다.

그동안은 멀리서 가끔 안부를 전했다면, 이제는 이 책을 시작으로 조금 더 가까이 다가가 보려고 해요…

어디서부터인지 자신감을 잃어버린 누군가에게 이 책이 용기가 되기를. 내가 그랬듯이 콤플렉스와 열등감에 지쳐 버린 분이 있다면, 나의 약점도 장점도, 모두 나만의 하나뿐인 이야기의 한 부분이라는 것을 발견할 수 있기를.

나약한 겁쟁이가 마음속 영웅을 찾아가는 나의 이야기가 당신만의 특별한 이야기를 찾아가는 데에 도움이 되길 바라며…

사랑을 담아
임다미

Chapter 1

롤러코스터

이방인

"네가 아무리 잘해도 1등은 못 할 거야."
"백인을 뽑지 왜 얼굴색이 다른 사람을 뽑겠어?"

내가 호주의 오디션 프로그램에 도전한다고 했을 때, 주변 지인들은 진심으로 나를 걱정하면서 말했다. 아니, 나의 혼잣말이기도 했다. 나는 어차피 이민자니까…. 이민자인 나를 뽑지는 않을 거야. 하지만 도전이라도 해 보자. 어느덧 타국의 이방인으로 살아온 것에 익숙해진 나는 이렇게 혼잣말하며 오디션 순서를 기다리고 있었다.

오디션 대기실에는 화려하고, 끼 많은 호주 청년들이
가득했다. 머리를 형형색색으로 염색하고, 아슬아슬하
지만 피부를 관통하여 빛나는 피어싱 장식들, 화려하고
독특한 의상을 입고 자신만의 개성을 드러낸 청년들이
자신이 부를 노래를 흥얼거리며, 춤을 추고 있었다. 주
변 사람을 의식하지 않은 채.
자신감 넘치고 주체할 수 없는 끼로 가득 찬 사람들
틈에서 '나같이 평범한 사람이 여기에 뭐 하고 있나…'
라는 생각으로 소심해졌다. 나는 그들과는 너무 달랐
다. 참가자를 따라온 친구나 보호자같이 느껴질 정도였
다. 그만큼 나는 겉으론 특별한 것이 없고, 조용한 동양
인이었다.

백인 우월주의가 사라졌다고는 하지만, 길거리를 걷
다 보면, 한두 번쯤은 "고 백 투 차이나! Go back to
China!"라는 말을 듣거나, 남편과 장을 보며 한국말로

대화하는데 "영어로 말하지 못해!"라고 벌컥 화를 내면서 지나가는 사람도 있었다. 친구 중에는 달걀을 맞고 "너희 나라로 돌아가!"라는 말을 듣기도 했다. '지금 시대가 어느 때인데 그래?' 하며 애써 무심한 듯 지나치지만, 그런 일상의 작은 일들은 알게 모르게 이민자들 내면 깊이 피해의식으로 자리 잡는다. 잊을 만할 때쯤 이런 일들이 나의 정체성을 확인해 주곤 했다. 내가 이 땅의 이방인이라는 것을.

그럼에도 나는 도전을 하고 싶었다. 나는 어렸을 때부터 피아노를 연주했고, 음악을 만들었다. 노래하는 것은 어느새 나의 일부가 되어 있었다. 클래식 피아노를 대학교에서 전공했지만, 그 길을 떠나 가수가 되기로 결심한 지 벌써 몇 해가 지났다.

나는 사람들을 행복하게 하고 힘이 되어 주는 음악을 선물하고 싶었다. 하지만 호주에서는 가수로 활동할 기회가 쉽게 주어지지 않았다. 레스토랑에서 작은 돈을 받고 피아노 반주와 함께 팝송을 부르는 아르바이트를 했었고, 어두운 바에서 재즈곡들을 부르기도 했다. 하지만 이런 기회는 네트워킹 스킬이나 인맥이 없는 내게 하늘의 별 따기였다.

한인 교회에서 찬양을 부르는 것만이 유일하게 꾸준히 노래를 할 수 있는 곳이었다. 오랜 고민 끝에 'TV에 나갈 수 있다면 가수로 활동하는 데 도움이 되지 않을까? 어떤 새로운 기회가 열리지 않을까?' 하는 심정으로 지금 여기, 오디션 대기실에 앉아 있게 된 것이다. '그래 어떻게든 도움이 되겠지. 아무것도 안 하는 것보다.'

"Dami Im! 임다미!"

그때 나를 호명하는 소리가 들렸고, 나는 조용히 일어나서 심사위원들 앞으로 걸어갔다. 주변에서 흥에 겨워 춤을 추던 청년들이 잠시 멈췄다. 조용히 앉아 있던 내가 참가자인 것을 알고는 조금 놀라는 표정이었다.

잊을 만할 때쯤
어떤 일들은 나의 정체성을 확인시켜 주었다
내가 이 땅의 이방인이라는 것을

첫 번째 오디션

"이름이 뭐예요? 나이는? 어디서 왔죠?"

심사위원 로난 키팅Ronan Keating의 질문이 이어졌다. 몇천 명의 관객을 수용한 커다란 체육관. 난생처음 보는 화려한 무대와 조명, 여러 방송국 관계자와 카메라 장비들. 낯선 무대 위에 서니 너무 떨려, 마치 영어를 처음 하는 사람처럼 말이 어눌해졌지만, 호흡을 되찾고 목소리를 가다듬었다.

"저는 다미 임이고 한국에서 태어났고 호주로 9살 때 이민을 왔습니다."
대학 졸업 후 한국에서 일 년 정도 크리스천 대중음악 가수 활동을 했던 것이 큰 훈련이 되었다. 작은 시골 교회의 할머님들 앞에서도, 고개를 푹 숙이고 있는 소년원에서도, 내가 노래하면 고개를 들고 내 소리에 귀 기울였다.

'그래 오늘은 노래에 집중하자. 심사위원들과 관객의 마음에 나의 목소리가 스며들도록 최선을 다하자.'

오디션을 위해 준비한 노래는 머라이어 캐리^{Mariah Carey}의 〈Hero〉다. 모두가 알 법한 고난이도의 노래이기 때문에 내가 이 노래를 부른다고 했을 때 심사위원과 관객들이 은근히 비웃는 듯했다. 그런 반응은 오히려 내 마음속에 불꽃을 지폈다. 오디션 행사장에 반주가 시작됐고, 나는 눈을 감고 노래를 부르기 시작했다. 노래만큼은 자신이 있었으니까.

몇몇 심사위원들이 자세를 고쳐 앉으며 내 노래에 반응을 보이기 시작했다. 관중들이 숨을 멈춘 듯 노래에 빨려들어 오는 게 느껴졌다. 호흡 하나하나에 함께 숨을 쉬었고, 우리는 하나로 연결되어 있었다. 나는 떨리는 마음으로 처음부터 끝까지 평소에 하던 대로 최선을 다해 노래를 불렀다.

So when you feel like hope is gone
Look inside you and be strong
And you'll finally see the truth
That a hero lies in you
 That a hero lies in you
희망이 사라졌다고 느낄 때
당신의 내면을 바라보고 강해지세요
그러면 당신은 마침내 진실을 보게 될 것입니다
당신 안에 영웅이 있다는 걸
당신 안에 영웅이 있다는 걸

-머라이어캐리 〈HERO〉 중

이 순간이 마지막일지도 모른다는 생각으로 나는 온 마음을 다해 노래 불렀다. 노래 가사처럼 한 번도 제대로 고개를 들지 못했던 아니, 꼭꼭 숨겨 두었던 내 안의 영웅이 서서히 깨어나는 것만 같았다. 누구나 삶의 영웅이 될 수 있다는 것을… 나는 이렇게 세상에 알리고 싶었다. 그때였다. 관객들이며 심사위원들이 모두 손뼉을 치며 자리에서 일어났다.

"다미! 당신이 이런 목소리를 가질 줄은 상상도 못 했습니다!"

"당신은 스타예요! 정말 놀라운 목소리를 가지고 있어요!"

"솔직히 말하면, 아직 당신 안의 영웅은 깨어나지 않았습니다. 하지만 당신의 특별한 재능은 오늘 확실히 깨어났어요!"

나는 해냈다. 기쁘고, 감사했다.

'그래. 이 정도면 됐어. 어떻게 될지 모르는 일이고… 어쨌든 다음 라운드를 잘 준비해야지…'

이렇게 도전을 할 수 있었던 배경에는 남편 노아의 말한마디가 큰 힘이 되었다. 오디션을 신청할지 망설였을 때도 남편은 끈기 있게 나에게 용기를 주었다.
"다미가 마음을 열고 도전해 봤으면 좋겠어. 실패하는 것을 두려워하지 말았으면 좋겠어!"
무대에서 내려오니 역시나 노아가 가장 기뻐하고 있었다. 잘 해냈다고! 도전한 것만으로도 이미 해낸 거라고! 크게 기뻐하며 격려해 주었다.
함께 비행기를 타고 집으로 가는 길, 장난감처럼 보이는 수많은 집과 자동차가 창문 밖으로 펼쳐졌다.
'앞으로 내 인생은 어떻게 펼쳐질까?'
모처럼 들뜬 마음이 한동안 가시지 않았다.

마음을 열고 도전해 봤으면 좋겠어
실패하는 것을 두려워하지 말았으면 좋겠어!

내향적인 아이

나는 어렸을 때부터 학교 가는 게 유독 힘들었다. 엄마와 떨어지는 것도 싫었고, 엄마 품을 벗어나 새로운 환경으로 가는 것이 두렵고, 어려웠다. 학교에 갈 때마다 엄마와 나는 전쟁을 치르듯 실랑이했고, 나는 바짝 긴장한 상태로 교실에 들어가야 했다. 그렇게 한참의 시간이 지나서야 말을 걸어 오는 몇몇 친구들과 사귈 수 있었고, 그다음부터는 다행히 편한 마음으로 학교에 갈 수 있었다. 이렇게 새로운 환경에 적응하는 게 힘들고 시간이 필요한 내가 호주로 이민 갔을 때는 얼마나 힘들었는지…

초등학교 3학년 때의 일이다. 한국에서는 학기 말에 학교에서 장기 자랑을 하는 시간을 갖는다. 선생님께서 "친구들 앞에서 장기 자랑해 볼 사람?" 이렇게 물어보셨다. 순간 교실은 조용해지면서 손 드는 친구가 누구 없는지 다들 두리번두리번 눈치를 보고 있었다. 그런데 진짜 내향적인 나의 마음속에서 작은 소리가 들리는 것 같았다.

'너는 할 수 있잖아. 할 수 있는 노래가 있으니까 지금 한 번 불러 보는 게 어때?'

갑자기 들려오는 내면의 소리는 뭐지? 나는 눈을 감고, 손을 번쩍 들었다. 반 전체 아이들이 모두 깜짝 놀랐다.
"다미가 손 들었어요!"
"그래. 다미야. 앞에 나와 노래 불러 볼래?"

나의 마음속에서 작은 소리가 들리는 것 같았다

너는 할 수 있잖아

나는 영화에 나오는 캐릭터처럼 눈을 꼭 감고 노래를 부르기 시작했다.

"사이렌 나이트 호올리 나이트 ―"
〈고요한 밤 거룩한 밤〉 캐럴을 뜻도 내용도 모른 채 교회에서 배운 대로 부르기 시작했다. 목소리는 무척 떨리고 있었으며, 교실 안엔 아무도 없는 듯 조용한 정적만이 흐르고 있었다.

"슬립인 헤븐리 피스."

마지막까지 열창을 한 나는 용기 내어 눈을 떠 보았다. 아이들의 눈이 휘둥그레져 있었다. 그러고는 박수를 치기 시작했다.
선생님이 말씀하셨다.
"다미, 정말 잘했어. 이렇게 앞에 나와 노래를 부르려면 큰 용기가 필요한데, 다미는 그걸 해냈어! 정말 훌륭해! 다미처럼 용기 내서 친구들 앞에서 장기 자랑 할 사람

또 있니?"

"저요!"

"저요!"

나의 노래를 듣고 용기를 얻었는지, 그제야 아이들이
너도나도 손을 들어 장기 자랑에 참여했다. 내심 뿌듯
했다.

사람들 앞에 선다는 것, 게다가 소리 내어 노래를 부른
다는 것은 큰 두려움이 있지만, 후회하지 않으려면 용
기를 내어 손을 들어야 한다는 것. 나는 내면의 목소리
를 따라가면 기분 좋은 일이 생긴다는 것을 그때 알게
되었다.

두 번째 오디션

첫 무대와는 달리 관객들의 표정과 눈빛이 한눈에 들어왔다. 이제 조금 이 낯선 상황에 익숙해진 걸까? 노래를 기대하는 사람들의 반짝이는 눈빛, 친구와 연인과 함께 온 사람들의 기대 가득한 모습과 표정들이 다시 한번 나를 긴장시켰다. 첫 번째 무대보다 떨리는 건 배가 되었다. 난생처음 들어보는 노래를 줬고 곡을 외울 시간이 이틀밖에 없었기 때문이다. 어쨌든 두 번째 무대까지 갈 거라고는 기대도 안 했기 때문에 내가 지금 이 자리에 있는 것만으로도 큰 기회라고 생각했다.

'이번엔 보여 줄 수 있는 것을 더 보여 줘야지. 나에게
는 노래보다 더 자신 있는 피아노 연주라는 재능이 있
으니, 직접 연주하면서 노래 부르는 무대를 보여 줘야
지.' 심사위원이 나를 이렇게 소개했다.

"스윗 샤이 걸Sweet shy girl이 모두를 놀라게 하고 있습니
다. 이번 무대가 당신을 꿈에 한 발짝 다가가게 해줄 것
입니다. 자, 크게 숨을 들이쉬고, 시작하세요!"
나는 조용히 연주를 시작했다.

> Jolene, Jolene, Jolene, Jolene
> Oh, I'm begging of you please don't take my man
> 졸린, 졸린, 졸린, 졸린
> 오, 제발 부탁인데 내 남자를 데려가지 마세요.
>
> −돌리 파튼Dolly Parton의 〈Jolene〉 중에서

졸린 졸린 졸린… 한 여자가 다른 여자에게 자기 연인
을 데려가지 말라고 애원하는 간절한 곡이었다. 분위기

는 무르익고, 감정은 모두 고조되어 곡의 하이라이트를 향해 달려가고 있었다. 더욱 간절히… 더 간절히 부르짖는 그녀의 애타는 마음이 청중들의 마음에도 퍼져 가고 있었다.

그런데 바로 그 순간! 번개가 친 것인가? 갑자기 정전된 것인가? 나는 아무 소리를 내지 못했다. 순간적으로 기억이 나지 않았다. '다음 가사가 뭐였지?' 나는 온몸이 얼어붙어 버렸고, 관객들과 심사위원들은 모두 깜짝 놀라고 말았다. 모든 것이 멈추어 버린 그 1초가 영원한 순간처럼 느껴졌다.

'오 마이 갓!'

어릴 때부터 꾸준히 경험한 피아노 콩쿨과 공연 그리고 크고 작은 찬양 무대에서도 중간에 가사가 틀리기도 하고 갑자기 헷갈리는 경우가 있다. 그럴 때는 아무렇지 않게 넘어가는 것 또한 기술이다. 그런데 이번 실수는 기술로도 커버할 수 없는 대참사였다. 노래의 흐름이 크게 끊기는 바람에 모두가 당황했다.

'어떻게 하지? 완전히 멈췄으니 이제 어떻게 수습하지?'
내면에 담긴 나의 모든 용기와 힘을 되찾아야 했다. 이
미 큰 실수를 했기에 울고 싶은 심정이었지만, 여기서
멈추면 끝이었다. 어떻게든 노래를 끝내야 했다. 나는
다시 정신을 차리고 이어 가기 시작했다.

'졸린, 제발 이 무대를 빼앗지 말아요. 제발 이 기회를
가져가지 말아요.' 마지막 후렴으로 가기 전에 남겨 둔
고음과 함께 클라이맥스로 노래를 끌어갔고 경쾌하게,
힘 있는 목소리로 노래를 끝까지 완주했다.

나의 치명적인 실수에도 불구하고 사람들은 모두 일어
나서 박수갈채를 쳐 주었다. 심사위원도 크게 격려하
며 손뼉을 쳐 주었다. 짧은 그 연주 시간이 나에게는
한 편의 드라마 같았고, 대참사를 겨우 막아 낸 것 같
았다. 그제야 꾹 참고 있었던 눈물이 '팡' 하고 터져 버
렸다. 나는 두 손으로 얼굴을 감싼 채 하염없이 흐르는
눈물을 기어코 막아 내었다.

꾹 참고 있었던 눈물이 '팡' 하고 터져 버렸다
나는 두 손으로 얼굴을 감싼 채
하염없이 흐르는 눈물을 기어코 막아 내었다

깨져 버린 꿈

"네? 떨어졌다고요?"

다음 라운드로 올라갈 참가자들의 이름이 호명되었다. 내 이름은 끝까지 불리지 않았다. 결과가 발표된 순간 심장이 쿵 내려앉는 듯했다. 나는 이제야 꿈에 한 발짝 다가선 듯했고, 새로운 세상을 향해 내딛는 만족감과 황홀함에 행복했는데, 그것도 잠시. 물론 가사 실수가 있었지만, 극적으로 수습했고 그것을 만회할 만큼 심사 위원들과 관객들에게 감동을 주었다고 느꼈기에, 내심 기대하고 있었던 것이다.

'청천벽력 같은 이런 결과는 왜지? 어떻게 이렇게 끝이
날 수 있지?'

왜 떨어져야 했는지 알고 싶었다. 초기에는 개인별이 아
니라 그룹별로 인원수를 맞추어 승자를 가린다는 것이
다. 그러니까 우승에 올라가는 연령대를 맞춘다는 나름
의 규칙에 따라서 떨어진 것이었다. 너무나 허탈했다.

'노래'라는 재능이 아니라 나이에 의해서, 내가 속한 그
룹의 인원수 조율로 떨어졌다고?

결과를 통보받은 나는 시드니에서 다시 브리즈번으로
돌아왔다. 가족들은 애써 웃음 지으며 위로했다. 괜찮
다고, 그것이 너의 실력을 말해 주는 것이 아니라고 말
이다. 교회 권사님이 '끝이 아닌 것 같아. 분명히 뭔가
더 있어. 기다려 봐'라는 의미심장한 말을 해 주셨지만,
누가 봐도 끝이었다.

실패의 두려움은
우리의 꿈을 축소시킨다
꿈도 꾸지 말고
기대도 하지 말라고

몇 주간 매일 받던 방송국의 이메일, "이런 노래를 준
비하세요." 또는 "항공권 티켓 정보입니다." 등등. 받은
편지함에 꼬박꼬박 쌓이던 이메일이 거짓말처럼 뚝 끊
겼다. 몇 주간 일생 최대의 긴장과 기대로 새로운 세계
를 잠시나마 엿보았지만 '펑' 하고 연기처럼 사라진 것
이다.

가수가 되어야겠다는 결심을 한 이후부터는 그 꿈을
이룰 기회를 잡기 위해 여러 가지 도전을 해 왔다. 10
대 때는 아무리 커다란 꿈이라도 마음껏 그릴 수 있었
고 상상만 해도 설레었다.

내게 엑스팩터의 오디션은 10대 때 잠들었던 꿈을 깨어
나게 했다. 커다란 스튜디오에서 히트곡을 녹음하며, 세
계적인 프로듀서와 일하는 내 모습. 관객이 가득 찬 콘
서트장에서 환호받으며 노래하는 내 모습. '내게도 그런
미래가 가능하다고?' 가슴이 뛰었었다. 억눌렸던 상상
력이 다시 꽃처럼 피어나려던 찰나. 그 도전은 끝이 났
다. 지금은 다시 제자리로 돌아온 느낌이었다. 한 달 넘
게 집에 있으면서 나는 적잖이 방황했다.

'꿈이 깨져 버렸는데 앞으로 무엇을 해야 할까?'

내 음악을 알리기 위해 갖은 노력을 다했지만 아무도
내게 관심을 주지 않았다. 20대 중반이 된 지금, 나의
꿈은 점점 더 작게, 더 '현실적'으로 축소되고 있었다.
실패의 두려움은 우리의 꿈을 축소시킨다. 꿈도 꾸지
말고, 기대도 하지 말라고.
'그저 바에서 좀 더 정기적으로 노래할 수 있다면…'

그랜드 피아노

엄마 아빠는 대학 시절 레크리에이션 동아리에서 만났다. 유머러스하고 리더십이 있는 아빠는 모임을 진행하기 위해 통기타를 치면서 흥을 돋웠고, 성악과에 다니는 엄마는 옆에서 같이 노래를 부르면서 서로 호감을 느끼게 되었다고 한다. 대학 시절 연애를 하다가 결혼까지 골인한 사례다. 음악을 좋아하는 아빠는 악기를 모으고, 배우는 게 취미라서 우리 집에는 바이올린, 플루트, 색소폰, 트럼펫… 없는 악기가 없을 정도다. 엄마는 우리 남매를 연주회에 자주 데려가 주셨고, 우리가 어렸을 때 음악대학원을 다녔을 정도로 성악에 대한 열정과 재능이 남다르셨다.

나는 인천 부평에서 자랐다. 초등학교 3년을 그곳에서 다녔다. 내 나이 또래 대부분이 나와 비슷한 나이쯤에 피아노 레슨을 시작한다. 매일 조금씩 연습하며 바이엘, 체르니 100번, 30번… 단계를 밟아 나갔지만, 한국의 아이들은 모두 그 정도의 피아노 실력을 갖추고 있었기 때문에 나는 한 번도 내가 뛰어나거나 재능이 있다고 생각하지 않았다.

9살 때 아빠의 사업이 지방으로 이전되면서 엄마와 나 그리고 남동생은 유학의 길을 떠나게 되었다. 호주에서 3번째로 큰 도시, 브리즈번에 작은아빠 가족이 살고 있었기에 시드니가 아닌 브리즈번으로 이민을 가게 된 것이다.

호주의 초등학교에 입학한 나는 모든 것이 낯설었다. 한국 초등학교에는 학년마다 10개 이상의 반이 있을 정도로 또래 학생들이 많았지만, 브리즈번에서 다니게 된 학교는 한 학년에 한 반밖에 없었다. 나는 소심한 성격에 영어까지 능숙하지 않아 더욱 말을 아꼈다.

그야말로 조용히 학교생활을 하고 있었는데, 마침 학기 말 학예회가 열린다는 소식을 전해 들었다. 한국 아이들과는 달리 호주의 아이들은 피아노를 배우는 일이 흔하지 않아서 나는 이번 학예회가 친구들에게 나의 재능을 보여 주고, 매력을 뽐낼 수 있는 기회라고 생각했다.

'그래. 너희들이 내가 영어를 못해서 무시하지만, 피아노 치는 걸 보면 깜짝 놀라게 될 거야!'

나는 옷장에 보관해 둔 화려한 드레스를 꺼냈다. 한국에서는 콩쿠르 대회가 있으므로 연주용 드레스가 있는 아이들이 꽤 있는 편이다. 그런데 호주 학교에서는 그런 드레스를 본 적이 없기에 눈과 입이 딱 벌어지는 반응을 보이는 친구들이 대부분이었다.

"다미!"

"너 정말 예쁘다! Beautiful!"
"다미가 입은 드레스 좀 봐! 공주님 같아!"

전교생의 시선을 한 몸에 받으며, 학교 강당에 있는 그랜드 피아노 앞으로 다가갔다. 그동안 배우고 연습했던 곡 중에 가장 자신 있는 곡으로 나는 한 마디 한 마디 정성껏 연주하기 시작했다. 그랜드 피아노에서 연주되는 곡은 강당 전체에 아름답게 퍼져 나가기 시작했고, 나의 음악은 공간을 가득 채우며 빛나고 있었다. 화려했던 나의 그랜드 피아노 연주는 교내 학생들을 사로잡기에 충분했고, 나는 모두의 박수갈채를 받으며 무대 인사를 할 수 있었다.

이날은 나에게 아주 특별한 날이 되었다. 그날부터 나는 학교에서 정말 특별하고, 관심받는 학생이 되었고, 앞으로 음악의 길을 가야겠다고 결심하는 인생의 날이 되었기 때문이다.

인생은 참 아이러니하다. 만약 한국에서 치열하게 경쟁

하고 연습하면서 대회에 나갔다면, 이런 자신감을 가질 수 있었을까? 성격이 소심한 나는 친구들과 치열하게 경쟁하면서 음악을 즐기거나 좋아하지는 못했을 것 같다. '아! 내가 잘하는 게 있구나!' 하는 특별한 순간을 만났기 때문에 음악에 대한 재능과 열정을 발견하게 된 것이다.

부모님도 나에게 삶으로 가르쳐 주셨다. 엄마는 한 번도 나에게 연습하라고 강압적으로 다그친 적이 없다. 항상 부드럽게 말씀해 주셨다. '매일매일 하면 뭔가 된다. 매일 꾸준한 것이 인생의 중요한 기술이야.' 하고 말이다.

오늘도 거실에 있는 피아노 앞에 앉아 곡을 연주하면서 나는 나를 음악의 길로 인도해 준 부모님께 감사하다는 생각을 하고 있었다.

그리고 바로 그때, 그때였다. 전화벨이 급하게 울렸다.

호주 엑스팩터

"다미? 엑스팩터 담당자입니다. 나이별로 그룹을 나누는 규칙이 변경돼서요. 다미가 다시 우승 그룹에 들어가서 출전할 수 있는 기회를 얻었어요. 다음 촬영 장소인 뉴욕으로 올 수 있나요?"

"정말요? 그럼요! 당연하지요!"

세상에 이런 일도 일어나는구나! 정말 기적이라는 게 있구나! 호주의 전 국민이 사랑하는 오디션 프로그램인 엑스팩터에서 갑자기 규정이 변경되었다니, 그래서 집으로 돌아온 지 한 달 만에 다시 프로그램에 참여하게 됐다니?! 이게 꿈인가 생시인가? 나는 마치 세상에서 제일 역동적인 롤러코스터에 탄 느낌이었다.

'그래. 다시 해 보자! 이번엔 끝까지 갈 거야!'
처음엔 '내가 순위에 들겠어?' 하며 참여하는 데 의의를 두었다면, 이번엔 달랐다. 이렇게 된 건 단순한 우연이 아닌 기적과도 같았다.
'최선을 다하자. 내가 할 수 있고, 보여 줄 수 있고, 될 수 있는 건 무엇이든 다 할 거야! 나의 꿈을 제한하지 말자. 나는 다 할 수 있어!'라고 마음을 강하게 먹으며 다음 장소인 뉴욕으로 향했다.

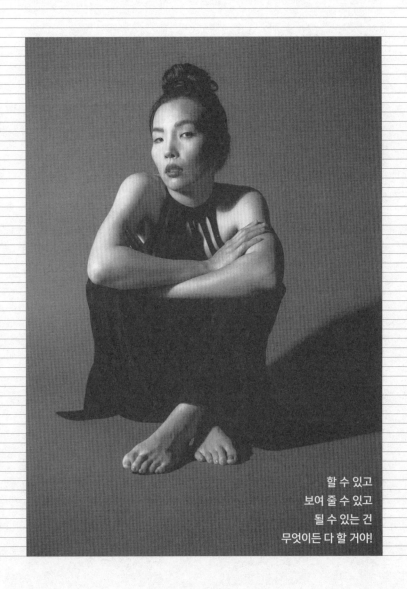

할 수 있고
보여 줄 수 있고
될 수 있는 건
무엇이든 다 할 거야!

Chapter 2

무대에서

뉴욕, 꿈의 도시

엑스팩터 촬영을 하기 위해 뉴욕에 도착했다. 화려한 타임스퀘어의 간판들과 바쁘게 지나가는 차들… 세계를 주도하는 IT기술과 뉴요커들의 패션, 그리고 걸음을 재촉하는 사람들을 보면서 생각했다. 눈에 보이지도, 잡을 수도 없지만 과연 꿈을 이루며 산다는 것은 '뉴욕'의 이 모습을 상징하는 것일까? '성공'이라는 것이 바로 이런 느낌이라고 할 수 있을까? 뉴욕에서 커피 한 잔을 마시며, 당당하게 웃으며 걸어가는 저 모습 말이다.

나는 아직 마음의 긴장감을 늦출 수 없었다. 지난번 무대에서의 탈락과 실수가 내 안의 깊은 '두려움'이 있다는 것을 알려주었기에, 그 어떤 것보다 내 안의 '두려움'을 극복하고, 무대 위 공포를 이겨 내는 것이 나에게 주어진 큰 숙제였다.

뉴욕의 저택에서 다시 오디션이 시작됐다. '슈퍼스타가 되면 너희도 이런 삶을 살 수 있다'라는 걸 보여 주는 것만 같았다. 떨리는 마음을 부여잡고, 대니 미노그 Dannii Minogue와 그의 언니 카일리 미노그 Kylie Minogue 앞에서 비욘세 Beyonce의 ⟨If I were a Boy⟩라는 노래를 부르게 되었다.
대니 미노그는 호주의 유명 댄스가수 겸 배우, 패션 디자이너다. 실물을 보면 정말 예뻐서 오드리 햅번 Audrey Hepburn이 아닐까 싶을 정도의 미모에 처음부터 나를 지지해 주고, 응원해 준 고마운 분이다.

대니는 말했다. "다미는 처음에는 낯가림하고, 내가 여

이제 세상에 나의 '히어로'를 보여 주자!

기 왜 있지? 이렇게 갈팡질팡하는 모습을 보이는데, 노래가 시작되면, 감정과 느낌을 끝까지 유지하는 특별한 재능이 있는 가수다. 나는 그녀의 음악적 잠재력과 가능성을 믿는다"라며 긍정적인 피드백을 해 주었다.

총 여섯 명이 뉴욕 오디션에 참가했고, 절반인 세 명만이 생방송 무대에 올라갈 수 있었다. 나는 지금까지의 모든 것을 잊고, 최선을 다하기로 마음을 다잡았다.

'내 안의 두려움을 이겨 내자! 내 안의 두려움을 이겨 내야 '히어로'를 깨울 수 있다! 가자! 임다미! 이제 세상에 나의 '히어로'를 보여 주자!'

나만의 사운드

드디어 생방송에 진출할 기회를 얻었다! 사실 그동안의 오디션 과정들은 이 생방송을 위해 거쳐 가는 길일 뿐. 지금부터가 진짜다. 그동안 그룹별로 인원을 줄여서 총 열두 명만이 남았다. 매주 이틀에 걸쳐 하루는 생방송 공연을 하고 그다음 날에 시청자 문자 투표의 결과로 한 명이 떨어지는, 10주 동안의 숨 막히는 경쟁을 거쳐 마지막 결승 무대에 도착해야 한다. 이번 생방송 무대를 제압하지 않으면 두 번 다시 이 기회가 돌아오지 않으리라는 것을 뼛속 깊이 알고 있기에 어떤 제안이든 기쁘게 받아들일 각오로 생방송 무대를 준비했다.

지금까지는 내가 모든 것을 준비해야 했다면 이제는 본격적인 무대 위의 퍼포먼스가 펼쳐지기에 전문적인 보컬팀, 무대, 의상, 헤어메이크업팀이 함께 준비를 하게 되었다. 이런 경험 자체가 엄청난 기회이고, 각 분야의 전문가들이랑 일하는 거라 너무 신이 났다. 메이크업도 화려한 의상도 부담스럽긴 했지만, 열린 자세로 이렇게 말했다.

"무엇이든 제안하시는 대로 해 볼게요!"

그들의 아이디어에 난 속으로 놀라고, 낯설기도 했지만, 맡겨야 할 부분은 맡기고, 의견을 내야 할 부분은 내면서 조율해 나갔다. 쉬운 과정은 아니었지만, 팀과의 협력을 통해 나는 내 안의 또 다른 모습을 발견하고, 놀랐으며 엄청난 자기 발전을 하게 되었다. '협업'을 하는 것이란 때로는 그들의 의견을 존중하고 마음껏 펼칠 수 있게 맡겨 주는 것이다.

하지만 반대로 내가 타협하지 않을 부분에는 불편하더라도 목소리를 내어 마음에 들 때까지 바꿀 수 있도록 주장을 해야 했다. 용기와 지혜가 필요한 일이었다.

간혹 나에게 너무 맞지 않는 노래가 주어질 경우가 그랬다. 한 번은 너무 센 가사에 나의 가치관에는 전혀 맞지 않는 노래가 주어졌다. 미운털이 박힐 각오를 하고 바꾸어 달라고 조심스럽지만 완강하게 요청을 했다. 큰 용기가 필요한 일이었지만 결론적으로는 내 요구를 들어주었다.

하지만 이런 경우를 제외하곤 난 마음을 활짝 열어 각 팀을 통해 새로운 내 모습을 발견하고 싶었다. 그랬더니 그들이 더 신나 하면서, 자신들이 가지고 있는 최대한의 창의력과 재능, 전문성을 발휘해 주었다. 혼자서는 할 수 없는 부분들을 함께 협력하면서 새로운 작품으로 탄생시켜 가는 것이기에 기쁘게 믿고 따랐다. '너무 과한 의상 아닌가?' 싶을 때도 있었지만, 그것도 과감히 도전해 보았다.

코치 대니는 새로운 스타일의 노래를 불러 볼 것을 제
안했다. U2의 〈One〉이라는 유명한 곡인데, 내 스타일이
아니라고 생각해서 자신이 없어 주저하는 나에게 대니
는 "난 너의 가능성을 믿어. 넌 세계적인 가수가 될 만
큼 아주 특별한 재능이 있어." 하면서 끊임없이 격려해
주었다.

"아니, 생방송에서 처음 부르는 노래에 도전한다고?"

우려하는 소리를 뒤로 한 채 생방송 무대에 올랐다. 하
늘에 피아노가 떠 있다. 나는 공중에서 피아노로 잔잔
한 전주를 시작한다. 노래를 부르면서 피아노가 무대
위로 내려온다.

> One love, one blood
> One life, you got to do what you should
> One life, with each other
> Sisters, brothers

하나의 사랑, 하나의 핏줄
하나의 삶, 당신은 당신이 해야 할 몫을 해야 해요
하나의 삶, 서로서로 같이
자매들이여, 형제들이여

-U2의 〈One〉 중

관객 중에는 비행기를 타고 온 부모님과 남편이 있다. 엄마가 감격의 눈물을 흘린다. 감정이 고양되는 게 느껴졌다. 고음과 저음을 넘나들다가 마음껏 자신 있게 고음에 도전하는 소리. 세상에 나만의 소리를 거침없이 전달하는 것! 지금까지 내가 시도하지 않았던 스타일이었다.

스타는 혼자 만드는 것이 아니었다. 무대와 메이크업, 의상, 그리고 나를 지도해 준 코치 대니에 의해서 폭발적이고 파워풀한 나의 첫 생방송 무대가 이렇게 완성이 된 것이다. 나만의 외모와 분위기를 강조해 자신 있게 펼친 무대. 그리고 무엇보다 '나만의 사운드'를 찾은 무대. 이것이 신의 한 수였다.

난 너의 가능성을 믿어. 넌 세계적인 가수가 될 만큼 아주 특별한 재능이 있어

외모 콤플렉스

사춘기를 지나던 어느 날, 거울을 보고 알게 되었다. 내가 예쁘지 않다는 것을….

'쌍꺼풀 있어야 하는데, 나는 없네. 코가 높아야 하는데, 나는 낮네… 얼굴이 작고, 피부가 뽀얘야 예쁜데, 나는 아니네….'

나는 거울을 보며, 한국에서 정해 놓은 미의 기준에 자신을 비교하며 점점 주눅이 들기 시작했다. 호주에서도 상황은 비슷했다. 그러던 어느 날 백인 친구들이 코에 대해 이야기하다가 말했다.

"나는 친구 중에서 다미 코가 제일 예쁜 것 같아. 너무 크지 않고, 귀여운 코야. 다미가 부러워."

그 말을 듣고 다소 충격을 받았다. 백인 친구들은 쌍꺼 풀이 있는 눈에 오뚝한 코, 하얀 피부가 인형같이 예쁘 다고 생각했었는데, 이 친구들은 나를 부러워하고 있었 다니! '외모 콤플렉스는 누구나 가지고 있구나!' 하는 생각에 비교하는 마음을 조금씩 내려놓기 시작했다.

나는 한국에서도 가수로 활동을 하고 싶은 마음이 있 었지만, 제일 마음에 걸리는 게 외모 콤플렉스였다. 외 모지상주의가 팽배한 한국에서의 활동은 나를 유독 주 눅 들게 했다. 그런 나에게 호주 엑스팩터 오디션은 외 모 콤플렉스에서 완전히 벗어날 수 있는 계기가 되어 주었다.

일단 메이크업할 때, 아티스트들은 나의 광대뼈를 보고 환호성을 지른다.

"Cheekbones!"

"Look at those cheekbones!" (광대뼈 좀 봐!)

툭 튀어나온 광대뼈도 나에겐 큰 콤플렉스였는데, 호주에서는 귀엽고, 수수함을 추구하는 한국과 달리, 강렬한 인상을 선호하기에 할리우드 배우들의 메이크업도 광대뼈를 컨투어링 하여 강조하는 걸 볼 수 있다. 피부색도 햇볕에 까맣게 태운 듯이 어둡게, 진하게, 획일화된 기준에 맞추는 메이크업이 아니라 그 사람의 개성을 한껏 드러내는 스타일이어서 처음엔 무척 당황스러웠다.

나의 멘토 대니 역시 나에게 과분한 칭찬을 해 주었다.

"다미. 너는 모델을 해야 해. 세계적으로 갈 수 있는 최고의 외모야!"

"모델? 슈퍼모델이요?"

처음엔 이해가 되지 않았다. 대니처럼 예쁘고, 진짜 모델 같은 사람이 나에게 계속 그렇게 얘기를 해 주니까… 나는 키가 173cm, 한국에서는 큰 키라 힐을 신은 적이 한 번도 없고, 상대방을 배려해서 몸을 수그리는 것이 습관처럼 베어져 있었다. 대니는 키가 작은 편인데, 나에게 일침을 가했다.

"키 작은 사람 옆에 있다고 수그리지 말고! 뭐든지 자신감 있게!!! 네 외모는 세계적이야!"

곁에서 믿고 신뢰하는 사람이 계속 이야기해 주니 나는 외모에 점점 자신감을 찾게 되었다. 그러면서 나만의 개성에 자신감을 가지고, 당당하게 세상을 대하는 느낌이 무엇인지 점점 몸으로 배우고 깨닫게 되었다. 그 후부터는 잡지 모델, 화장품, 백화점 브랜드 등 외모가 중요한 광고들이 들어왔고 나는 즐겁고 자신 있게 광고모델로 활동하게 되었다. 이제는 거울 속에 비친 나의 외모에 대한 느낌과 생각이 완전히 달라졌다.

내가 자신감 있게 행동하면 남들도 인정해 준다
내가 '나'를 믿어 주면, 남들도 '나'를 믿어 준다

퍼플 레인

오디션에 참가한 지 3개월째, 며칠마다 새로운 곡을 외우고, 생방송 무대를 준비하고 숙소로 찾아오는 미디어 인터뷰도 날마다 계속되었다. 중간중간 잡지 촬영에 드레스 착용까지 나는 할 수 있는 한 모든 것을 쏟아붓겠다는 다짐으로 살아 냈다.

호주 국민 오디션이라고 할 정도로 사람들의 관심은 점점 커졌다. 시청률이 전 국민의 3분의 1을 달성할 정도였다. 라디오, TV에서는 생방송을 알리는 광고가 계속 이어졌다. 그야말로 호주가 들썩이고 있었다. 나는 우승 후보로 오르내리고 있었기에 맨 마지막 순서에 배정되었다. 이번에 준비한 노래는 Prince의 〈Purple Rain〉이다.

Purple rain, purple rain
Purple rain, purple rain
Purple rain, purple rain
I only want to see you
Laughing in the purple rain
영원토록, 영원토록
영원토록, 영원토록
영원토록, 영원토록
나는 영원토록
네가 웃길 바랄 뿐이야

-Prince의 〈Purple Rain〉 중

내 가창력을 제대로 살리는 노래였다. 잔잔하게 하다가 고음으로 갔다가 잦아들 듯 다시 파워풀한 가창력을 선보이는 소름 돋는 모멘트의 연속이었고, 나는 있는 힘껏 최선을 다해 불렀다. 관객들은 모두 환호했으며, 노래가 끝나는 동시 모두 일어나 기립박수를 치기에 이르렀다. 심사위원들은 테이블 위에 올라서서 박수를 치기도 하면서, 심사평을 해 주었다.

"다미는 이제 무대를 정복한 가수가 되었습니다! 감정을 음악의 끝까지 올리면서 달려가는데 이 수준까지 가네! 싶으면 한 단계 올라서고, 또다시 한 단계 올라서는 놀라운 무대를 보여 주었어요!"

"다미, 당신의 무대는 정말 믿을 수 없이 놀랍습니다! 이번 승리는 완전히 당신의 것입니다!"

"당신은 너무나 특별합니다. 엑스팩터에 다미가 있다는 건 행운이에요!"

"다미, 당신은 작은 천사입니다. 늘 겸손하고, 모든 순간에 열심히 하는 모습은 우리에게 영감을 줍니다! 다미가 없는 무대는 상상할 수 없어요!"

〈Purple Rain〉에서부터 나는 본격적으로 우승 후보에 오른 것 같았다. 호주 국민의 인기와 관심을 한 몸에 받게 된 것이다. '어떻게 여기까지 왔지?' 뒤돌아보니 정말 아찔했다. 이제 물러설 곳이 없었다. 끝까지 최선을 다하는 것만이 내 몫이었다.

시드니 나이트

생방송에 참여하는 참가자들은 방송국에서 마련한 시드니의 호텔에서 숙박하며 생활하게 되었다. 식사로는 버터 치킨, 라자냐, 스파게티, 미트볼, 연어 구이 등 도시락이 제공된다. 비록 냉동 음식이지만 맛은 꽤 훌륭했다. 하지만 가끔 한국 음식이 무척 그리웠다.

창밖을 내다보니, 앞에는 커다란 쇼핑몰이 있었고, 푸드코트가 있었다. 나는 그나마 작은 일식집에서 파는 김치찌개를 찾아내 종종 사다 먹곤 했다. 뜨끈한 국물이 낯선 곳에서의 내 마음을 안정시켜 주는 것 같았다. 하지만 그 기쁨도 오래가지 않았다. 점점 알아보는 사람들이 많아져 외출이 힘들어졌기 때문이다. 푸드코트에 가면 사람들은 "오늘 여기서 무슨 행사하고 있어요?"라며 몰려들기 시작했고, 아침에 일어나 부스스하게 엘리베이터를 탈 때도 "엑스팩터 다미 아니에요? 사진 좀 찍어 주세요!" 하며 다가왔다.

이런 생활도 벌써 3개월째. 매주 새로운 곡을 소화해야 했고, 생방송 무대에서 늘 새로운 나의 모습을 보여 줘야 하는 중압감은 무거워졌다. 하루하루 시간이 어떻게 지나는지 몰라서 좋아하는 음식을 사 먹으러 가거나 해 먹을 수 없었다. 저절로 살이 빠지고 있었다. 가사에 대한 트라우마가 있어 나는 연습벌레처럼 매일 방에서 연습하고, 자고, 먹고를 반복했다. 무척 외로웠다.

'앞으로 내 인생이 어떻게 바뀌는 거지? 내가 이걸 감당할 수 있을까?'

매주 기립박수를 받으며 승승장구했지만, 생방송 이후 한 명씩 떨어져서 열두 명의 참가자가 한 명씩 줄어들었다. 어느덧 결승전 진출은 물론 우승이라는 가능성도 보였지만, 두려움도 동시에 커지고 있었다. 모든 상황이 낯설고, 두렵고, 무서웠다. 작은 도시 브리즈번에 있다가 시드니라는 큰 도시로 나온 것도 처음이고, 내향적이고 예민하다 보니 모든 상황이 나를 자극하여, 날이 갈수록 몸과 마음이 점점 지치고 힘들어졌다. 잘해야 한다는 '중압감'과 '긴장감'이 나를 점점 조여 오고 있었다.

곧 쓰러질 것 같은 그때, 기막힌 타이밍으로 가족들이 비행기를 타고 날아왔다. 엄마는 내가 좋아하는 한국 음식들을 직접 만들어 오셨다. '갈비찜, 생선, 김치찌개…' 등 보기만 해도 눈물이 날 지경이었다. 가족들과 숙소에서 대니 미노그를 초대해서 엄마의 음식을 맛보여 주었다. 다 함께 집밥을 먹고 웃고 이야기 나누고 나니 한껏 힘이 났다. 이런 소중한 분들을 생각해서라도 '더 힘을 내야지.' 스스로 다독였다.

시드니의 밤을 떠올리면, 아직도 낯설고 피곤한 밤 혼자서 기도하던 시간이 떠오른다. 일정이 끝나고, 잠자리에 들 때마다 나는 이렇게 기도했다.

"이 자리에 온 것 자체가 너무 기적 같은데, 감사하면서도 두렵습니다. 하나님… 내가 컨트롤할 수 있는 부분은 최선을 다하지만, 내가 컨트롤할 수 없는 부분은 하나님의 뜻에 맡길게요."

한 번도 상상하지 않았던 일들이 일어나고 있었다. 두려운 마음이 불쑥불쑥 고개를 들 때마다 나는 눈을 감고 무거운 마음을 기도로 내려놓았다.

"떨어져도 좋습니다. 힘을 주세요…"

파이널 무대

정말로 그러했다. 여기까지 온 것도 기적이니까 떨어져도 좋다고 나에겐 큰 기회와 경험이었다고 스스로 다독이고 있었다. 무대 뒤에서 다른 참가자들에게도 이야기했다.

"솔직히 우승하고 싶은지 모르겠어… 우승하는 게 좋은지, 이게 맞는 건지…"
"무슨 소리야! 다미! 그럼, 우승은 내가 할게!"

우리 중 누군가가 잘되면, 누군가는 떨어져야 하는 상황이기에 내가 잘되면 기쁘겠지만, 동시에 함께 고생해온 친구가 떨어진다면, 그 또한 마음이 아플 것이다. 이런 복잡하고 긴장되는 상황에서 우리는 마지막 생방송 무대를 기다리고 있었다. 〈And I Am Telling You, I'm Not Going〉 뮤지컬 영화 《드림걸스》에 수록된 곡이었다. 태어나서 가장 파워풀한 가창력으로 노래하는 순간이었을 것이다. 나는 마지막 무대인 만큼 모든 것을 쏟아냈다. 후회나 미련은 없다. 끝까지 최선을 다했으니까…

결승에 오른 테일러와 나, 두 사람. 나는 한껏 화려한 드레스를 입었고, 떨리는 마음을 감춘 채 코치 대니와 함께 무대로 입장했다. 긴장감을 주는 음악이 흐르고 사회자는 최종 우승자를 발표했다.

"다미 임!"

내 이름이 불리는 순간, 심장은 얼어붙는 것 같았고,

다리에 힘이 풀려 바닥에 주저앉고 말았다. '맙소사! 내 인생에 이런 일이 일어나다니!'

"우리가 우승했어요. 대니!"

2등이 된 테일러는 나를 진심으로 축하해 주었다.

"다미가 우승해서 기쁩니다. 정말 다미는 알면 알수록 멋진 사람이에요. 다미를 끝까지 응원해 주세요!"

마음이 조금 진정된 후, 우승 소감을 묻는 말에 나는 이렇게 대답했다.

"저는 제가 다른 사람보다 나은 사람이어서 우승했다고 생각하지 않습니다. 하나님이 저에게 재능을 주신 것은 저처럼 평범한 사람도 이렇게 재능을 드러낼 수 있다고! 많은 사람에게 용기와 희망을 주기 위해서 우승했다고 생각합니다."

객석에서 함께 기뻐하며 눈물을 흘리는 가족이 눈에 들어왔다. 내가 피아노 전공에서 보컬로 진로를 바꿀 때, 다시 처음부터 시작해야 하기에 아빠는 걱정도 많

나처럼 평범한 사람도
많은 이들에게 용기와 희망을 줄 수 있다는 걸

이 하셨다. 그럼에도 내가 원하는 길이기에 항상 응원해 주셨다. '내 딸이 해냈구나!' 그 마음이 전해지는 것 같았다. 지금까지 지나온 시간이 주마등처럼 지나갔다.

내가 우승하다니, 정말 감사합니다! 감사합니다!
몇 개월에 걸쳐 방송만을 생각하며 지낸 시간이 끝났고 이제 바깥세상으로 나올 시간이었다. 나는 우승을 기대하거나 간절히 바란 것도 아니었다. 내가 한 번도 가 보지 않은 세계가 나를 기다리고 있다는 생각에 기대보다 두려움이 컸다. 이전으로는 돌아갈 수 없는 새로운 삶이 펼쳐질 것이다.

Chapter 3

슈퍼스타

새로운 세상

엑스팩터 우승과 함께 수개월의 폭풍 같았던 프로그램이 막을 내렸다. 수고했던 모든 출연자와 관계자들을 위한 뒤풀이가 이어졌다. 디제이가 음악을 틀고 함께 춤을 추면서, 몇 달 동안을 오롯이 방송에 몰두하며 성공적인 시청률을 거둔 모두와 마지막으로 인사하고 자축하는 그런 파티였다. 주인공인 내가 빠질 수 없기에 참석해야 했지만, 새벽 1시에는 귀가를 해야 했다. 바로 다음 날 새벽부터 어마어마한 일정이 기다리고 있기 때문이다. 삼 분의 일의 시청률을 기록하며 호주에 전국적인 화제가 된 만큼 우승자인 나에게 온통 관심이 쏟아졌다. 밤새 뒤척이다 거의 잠을 자지 못했지만, 새벽 4시가 되자 메이크업 아티스트가 호텔에 도착했다. 아침 생방송 출연이 있기 때문이다. 아침 방송이 끝나고 다음 방송으로 이동하는 도중 전화로 4개의 라디오 인터뷰를 했다. 다음 방송이 끝나자, 신문 인터뷰와 사진 촬영. 그리고 또다시 생방송. 다시 줄줄이 인터뷰 릴레이. 그날 해가 질 때까지 하루 종일 총 80회 이상의 인터뷰를 했다!

"우승하니까 얼마나 좋으세요?"

아무리 즐거운 이야기도 같은 말을 80번 넘게 반복하니 오후가 되자 내가 무슨 말을 하는지 기억도 나지 않았다. 정신없이 하루가 지나고 다음 날이 되자 비행기를 타고 멜버른 주에 가서 또 비슷하게 종일 인터뷰를 해야 했다. 같은 주에 앨범 녹음이 진행되었다. 난생처음 패션광고도 찍게 되었다. 하루, 이틀에 한 번씩 비행기를 타고 이동하면서 살인적인 일정이 이어졌다. '오늘은 어디를 가고 누구를 만나게 되지? 언제 나는 집에 갈 수 있지?' 처음으로 내가 속한 매니지먼트 회사와 음반사를 만나게 되었다. 커다란 회사에 수십 명의 직원들이 이름과 직분을 알려주며 악수하였다. 얼떨떨해서 난 하나도 기억하지 못했지만…

길거리에는 어디서든 사람들이 나를 알아보고 말을 걸었다. 마치 나를 아는 것처럼. 쇼핑센터에서 앨범 사인회도 진행되었는데 많은 사람이 끝이 안 보일 정도로 길게 줄을 서 있었다. 이들이 모두 나를 만나기 위해서 기다렸다니, 실감이 나질 않았다. 한 사람 한 사람의 마음이 눈물 나게 감사할 일이었다. 그중에도 늘 뿌듯함을 주는 사람들이 있다. 호주에 살고 있지만 다른 배경을 가진 한국인들은 물론이고 필리핀, 그리스, 베트남, 인도네시아 출신 등. 이방인의 주눅 든 삶 속에서 나를 보며 자부심을 느끼게 되었다고. 백인들이 주류를 이루는 사회지만 우리도 당당하게 이곳에서 성공적으로 살아갈 수 있구나, 믿게 되었다고. 그래서 내 손을 꼭 잡고 감사하다고 말해 주시는 분들이 많았다.

동시에 엑스팩터에서 기획한 전국 순회공연도 시작되었다. 그런데 이 많은 일정을 한꺼번에 소화하다 보니 투어 도중 몸살이 나 목소리가 나오지를 않았다. 더군다나 내가 부를 곡들은 고음이 주를 이루는 어려운 곡들이라 이런 상태로는 나를 보러 오는 팬들에게도 큰 민폐일 게 분명했다. 회사에 양해를 구하며 부탁했다.

"무리한 일정이니 사인회를 그날만 취소해 주세요."

사인회에서는 수십 명과 함께 대화하기 때문에 특히 목에 무리가 갔다. 하지만 회사는 절대 안 된다며 거절했다. 수개월 동안 정신없이 끌려다니는 것 같은 날들이 지속되었다. 회사에서는 일정을 미리 보내 주지 않고 그 전날에야 알려주기에 난 언제 집에 갈 수 있는지 모른다. 내 인생은 갑자기 모든 것이 변해 버렸다. 꿈을 이뤘다며 매일 모두에게 부러움과 축하를 받고 있었지만 난 그저 '언제 집에 가지?'라는 의문과 '내가 뭘 위해 우승한 걸까?'라는 질문에 계속 마음이 무거웠다. '슈퍼스타'라는 새로운 세상은 생각보다 암울한 회색빛이었다.

컴패션

'유명하면 어떤 기분일까?'

어렸을 때 누구나 한 번쯤 꿈꿔 보는 일이다. 나도 그랬
다. TV 출연 이후 처음 길에서 누군가가 나를 알아봤
을 때가 기억난다. 시내에서 버블티를 사 먹고 있는데
"어! 다미 아니에요? TV에서 노래하던!"
"사진 찍어줄 수 있어요?"
너무 신기했고 재미있었다. 모르는 사람이 나를 알아보
다니. 그런데 그렇게 매일 지속되다 보니 점점 힘이 들

었다.

끝도 없는 일정과 피곤함에 절어 공항 구석에 쭈그리고 졸고 있을 때도, 입을 벌려 햄버거를 먹으려는 순간에도 사람들이 나를 알아보고 수군거리거나 몰래 사진을 찍기도 하니 그런 시선을 의식하는 것에 피로감이 쌓였다. 특히나 나처럼 내향적인 사람에게 모르는 사람들이 쳐다보고 말을 시키는 것은 여간 힘든 일이 아니었다. 오랜 시간이 흐른 지금이야 그런 관심에도 진심으로 감사하는 마음을 갖게 되었지만, 처음에는 낯설고 괴롭기까지 했다. 무엇을 위해서 내가 유명해졌는지… 분명 '성공'은 했는데 이제 뭘 어찌해야 하는지 너무 헷갈리고 혼란스러웠다. 낯설고 이상하기만 한 이 상황에 의미를 찾아야만 했다.

어린 시절부터 한인교회 중고등부 수련회나 캠프에 가면 항상 들었던 말씀이 있었다.
'무엇을 하든지 그것을 통해 하나님께 영광을 돌려라.'
'사람들에게 도움이 되고, 하나님의 사랑을 알릴 수 있

도록 빛과 소금이 되어라.'

'성공해서 남 줘라.'

우승을 바라기보다는 얼굴이라도 비추려고 나간 오디
션이지만 중간에 탈락했다가 기적적으로 다시 돌아가
마침내 우승까지 한 데에는 분명히 뭔가 이유와 섭리
가 있을 것 같았다. 그런데 막상 우승하고 나니 모르는
것투성이고 불편하고 힘든 나날들이 이어졌다. 빛과 소
금이 되기는커녕 난 너무 어설프고 자신을 돌보기에도
버거웠다. 그때 남편 노아가 제안했다.

"컴패션에 연락을 해 보면 어떨까?"

대학교 때 처음 컴패션에 대해 알게 되었다. 한국 전쟁
이후 생긴 아동 후원 기관으로 전 세계에 아이들이 가
난의 굴레에서 벗어날 수 있도록 도움을 주는 훌륭한
기관. 그렇게 열일곱 살 때 처음으로 인도에 있는 여자
아이를 후원하게 되었다. 노아와 연애를 하면서 컴패션
에 관해 이야기해 주니 노아도 함께 후원하겠다고 했

다. 그리고 나중에 결혼하면 같이 아이들을 만나러 가
자며 꿈을 꾸기도 했다.

그래서 우승하자마자 컴패션에 연락했다.

"제가 컴패션을 위해서 도울 부분이 있으면 돕고 싶어
서요."

"저희가 먼저 연락을 드렸었는데, 이렇게 연락이 와서
너무 기쁘네요."

이미 수개월 전 엑스팩터에 출연한 걸 보고 컴패션에
서 먼저 연락을 했다는데 내가 보지 못한 것이었다. 그
렇게 노아와 나는 컴패션 홍보대사가 되어 인도에 있는
후원 아동들을 만나게 되었다. 아이들이 사는 환경과
컴패션의 실질적인 도움이 어떤 것인지를 알 수 있었다.
그리고 아이들 내면에 희망이 차오르며 그들의 가정과
동네가 변화되는 모습을 보았다. 우리는 너무 감동하여
다른 나라에도 8명의 아이를 후원하게 되었다. 인도 이
후에는 우간다와 필리핀도 방문했다.

필리핀에 갈 때는 시드니의 라디오 방송팀과 힘을 합쳐

서 마스바테섬의 작은 마을 전체를 후원하자는 목표를 가지고 갔다. 그 지역에 첫 컴패션 프로젝트를 시작하기로 한 것이다. 필리핀 여행을 가기 얼마 전, 노아와 나는 우리가 방문할 마스바테섬에 있는 로드니라는 어린아이를 후원하기로 했다. 5살 로드니를 만나게 되는 것이다. 브리즈번에서 비행기를 두 번 타고 마닐라에 도착. 그곳에서 또다시 경비행기로 갈아타 마스바테섬까지. 또다시 차를 타고 한참을 야자수 가득한 고개를 넘어 에메랄드빛의 바다와 푸른 논이 보이는 풍경을 달렸다. 길가에 말리고 있는 쌀이 밟힐까 조심스럽게 운전해야 했다.

천국과 같은 아름다운 풍경을 구경하면서 시간 가는 줄 몰랐다. 목적지에 거의 다다랐을 때 신기한 광경이 펼쳐졌다. 10살 정도 돼 보이는 남자아이가 자기 몸집에 몇 배나 되는 거대한 물소를 타고 있었다. 반바지에 반소매, 발에는 슬리퍼를 걸친 채 능숙하게 짐승을 다루는 것을 보니 너무나 스웨그 있어 보였다! 우리 팀이 차에서 내려 그 아이에게 말을 걸었고 곧 그는 좁은 골목으로 향했다. 물소를 따라 울퉁불퉁한 흙으로 된 골목을 따라가 보니 그제야 알게 되었다. 그는 우리가 만날 로드니의 형이었다!

그들의 집은 말린 바나나 잎으로 만든 작은 오두막. 몇 명 들어갈 것 같지 않은 작은 집에 5명의 식구가 살고 있었다. 동네 어린이들이 낯선 외국인들의 갑작스러운 등장에 깔깔거리며 장난쳤다.
한 엄마가 힘없게 졸고 있는 아이를 안고 오두막에서 나왔다. 엄마는 정말 작은 체구에 피곤하고 정신이 없어 보였다. 그가 안고 있던 로드니를 깨웠다. 감기에 걸렸는지 힘들어 보였다. 나와 노아가 준비한 선물을 건넸다. 장난감과 이불. 그리고 생필품들.

"로드니를 후원하게 되고 또 그 가족들을 만나게 되어 정말 기쁩니다."

로드니 엄마는 뭐라고 마스바테 말을 했는데 통역사를 통해 대화하는 것에 어려움이 있었다. 어쨌든 로드니의 컨디션이 좋지 않으니 이만 가 보겠다고 인사했다. 집을 떠나려는데 집 앞 작은 언덕이 눈에 띄었다.

"저게 뭐죠?"

"묘지에요."

통역사가 말했다. 몇 년 전에 낳은 쌍둥이가 세상을 떠나 부모님이 집 근처에 그들을 묻었다고… 천국처럼 아름다운 풍경, 그 이면에 숨겨진 혹독한 현실이 잔인하게 대조되었다.

다음 날 또 다른 가정을 방문했다. 그 마을 출신의 컴패션 직원들이 선정한 가장 가난한 집이었다. 꼬불꼬불한 숲길. 키가 큰 풀 사이로 몇 킬로를 걸으니 낡고 녹슨 함석과 나무판자로 만든 집이 나왔다. 그곳에 여자아이들 여섯 명과 남자아이 둘이 살고 있었는데 할머니와 이모가 아이들을 기르고 있었다. 아이들의 엄마는 일자리 때문에 수도인 마닐라에서 살고 있고 몇 달에 한 번 아이들을 보러 온다고 했다.

그중 가장 어린 친구의 이름은 존 제랄드. 컴패션 후원 아동이었다. 존은 처음에는 매우 수줍어했지만 조금 시

간이 지나니 씩씩하고 여느 5살 아이답게 장난기 가득
했다. 방문을 마치고 다시 컴패션 프로젝트로 돌아가려
는데 아이들도 같이 가고 싶어 했다. 그래서 우리가 타
고 온 밴에 태워 주기로 했다. 운전하는데 아이들이 키
득키득 웃기 시작한다. 함께 있던 현지 분께 아이들이
왜 웃냐고 물어보았다.

"에어컨을 처음으로 경험해 봐서 그래요."

30~40도를 웃도는 열대지방에서 습식 사우나 같은 매
일을 살다가 처음으로 에어컨을 경험한다고 상상해 보
자. 얼마나 시원하고 쾌적했을까. 우리에게는 너무나 익
숙하고 당연한 것들이 그들에게는 큰 기쁨을 주는 것
이었다.

컴패션 프로젝트를 진행하고 있는 카비탄 교회에 도착
하니 벌써 어린이들과 그들의 부모님이 마중을 나와 있
었다. 마을에 처음으로 컴패션이 생기는 거라 그들은
희망과 기대로 술렁였다. 자식들이 조금 더 나은 환경
에 살 수 있기를 바라는 부모의 간절한 마음들. 학교를
갈 수 없는 아이들이 유니폼을 입고 그곳에 모여 있는

것을 보니 마음에 감동이 몰려왔다.

방문 마지막 날, 모두에게 인사를 하고 있는데 두 아이가 멀리서 뛰어오고 있었다. 로드니의 형들이었다. 그들이 커다란 것을 품에 안고 있었다. 우리에게 점점 가까워질수록 이상한 광경이었다. 그들이 안고 있는 것은 살아 있는 닭이었다. 뭐라고 말을 건네는데 알아듣기가 어려웠다.
"엄마가 이걸 갖다주래요."
통역사가 말했다
"무슨 뜻이죠?"
닭이 푸드덕거리며 도망가자, 작은형이 닭을 잡으러 뛰어간다.
"로드니 엄마가 너무 감사하다며 선물로 이 닭을 드리는 거예요."
말이 안 나왔다. 생전에 살아 있는 닭을 선물로 받을 줄이야. 상황이 웃기면서도 한편으로 그들처럼 어려운 환경에서 이런 선물을 우리에게 주려고 하다니 그 마음이 정말 고맙고 미안하고 부끄러웠다. 어쩌면 로드니 엄마의 마음은 우리보다 너그럽고 부유한 것이 아닐까.

성공하면 내 마음이 채워지고, 더 부유해질 줄 알았다. 유명해지면 더 편하게 살 수 있을 줄 알았는데 불편한 게 더 많았다. 나는 이 여행을 통해 사람들에게 나누고, 봉사할수록 내 마음이 채워진다는 것을 깊이 알게

나의 성공은 타인을 채우기 위함이라는 것을 알게 되었다

되었다.

성공은 마음에 있는 기쁨의 양을 늘려 가는 것이구나!

로드니 엄마의 특별한 선물, 그리고 이 여행은 내 활동에 큰 원동력이 되었다. 사람들이 알아보고, 더 많은 것을 원하고, 성공을 위해 달려가는 것이 결국은 다른 사람들을 채우기 위함임을… 행복한 순간을 더 많이 만들어 가는 것임을 알게 되었다. 나는 이날의 감동을 마음 깊은 곳에 새겨 놓았다.

이번엔 유럽

금요일 저녁 모처럼 일정이 없어 남편과 저녁을 먹으러
나가는 중 갑자기 매니저에게 전화가 왔다.

"다미, 놀라지 말고 잘 들어! 몇 달 동안 힘들고 지칠
수도 있어. 하지만 이런 기회는 평생 다시는 오지 않을
거야."하도 뜸을 들여서 난 조급해졌다.

"뭔데요? 그냥 말해 주시죠!"
"유로비전."

"유로비전?"

1956년을 첫 시작으로 매년 유럽방송연맹에 속한 국가들이 각자 국가대표를 선발해서 노래와 퍼포먼스를 겨루는 경연 대회이다. 대표적으로 셀린 디온Celine Dion, 아바ABBA, 올리비아 뉴튼 존Olivia Newton-John, 최근에는 빌보드상 신인상 후보에도 오른 록밴드 모네스킨Maneskin 같은 가수들을 배출해 냈다. 지리적으로 유럽에 있지 않지만, 호주 SBS방송사가 유럽방송연맹에 속해 있기 때문에 2년째 경연에 초청되었다. 작년에 호주를 대표해서 국민가수 가이 세바스찬Guy Sebastian이 출전하면서 많은 관심을 받았다. 그리고 올해는 누가 선택될지 화제였다. 물론 나도 이 기회가 오기를 간절히 바라긴 했지만, 중견 가수부터 신인들까지 모두 탐내는 만큼 내가 행운을 기대하기는 어려웠다.

"호주 SBS에서 유로비전 대표로 다미를 지목했어. 어떻게 하고 싶니?"

이게 웬일이야! 기대도 하지 않은 깜짝 선물이 내 앞에 왕창 쏟아진 기분이었다.

"당연히 해야지요!"

너무도 설레었다. 내가 호주 대표라니. 유럽에서 정 반대에 있는 호주를 대표해서 유럽의 대회에 나가는 것, 그것도 한국인인 내가! 이 모든 것이 너무나 의외였고, 신기하면서도 '참 인생은 어떤 일이 일어날지 모르는 거야'라는 생각이 들어 웃음이 났다.

그날부터 모든 것이 신속하게 진행되었다. 다음 날 비행기를 타고 시드니에 가서 유로비전에 출전할 곡을 녹음했다. 나의 첫 싱글 《Alive》를 작업한 DNA 작곡팀과 다시 일하기로 했다. 노래로 순위를 가리는 대회인 만큼 곡 선택은 가장 중요한 일이었다. 녹음한 곡은 강렬하고 파워풀한 발라드 〈Sound of Silence〉.

And I keep calling calling
Keep calling Keep calling 'cause
Now my heart awakes to the sound of silence

And it beats to the sound of silence

And it beats to the sound of silence

계속 부르고 있어 부르고 있어

계속 부르고 있어 왜냐하면

이제 내 심장이 침묵의 소리에 깨어나

침묵의 소리에 맞춰 뛰지

침묵의 소리에 맞춰 뛰지

-〈Sound of Silence〉 중

노래가 정해지자, 거기에 맞게 무대 의상과 콘셉트를
준비해야 했다. 여러 스타일을 상상하며 아이디어를 모
으기 시작했다. 그리고 내 스타일리스트와 함께 디자이
너와의 미팅을 갖기로 했다.

스티븐 칼릴Steven Khalil의 부티크에는 명성 있는 디자이너
인 만큼 고급스러운 드레스가 가득 걸려 있었다.
"우아하면서 섹시하고 무대에서 화려하게 빛나면서, 특
이하면서도 많은 사람이 좋아할 만한 의상을 만들어

주세요!"

나의 말도 안 되는 요구를 듣고 연필을 잡고 쓱쓱 스케치한다.

"이렇게 주름을 잡아 한쪽 어깨가 나오면 어떨까요? 긴 드레스이지만 아슬아슬하게 다리가 보이도록 높이 트이면서…. 드레스가 조명에 별처럼 빛나도록 스와로브스키 크리스털을 드레스 가득 채우면…"

직원들이 줄자로 나의 어깨와 허리, 다리 등을 재고 있었다.

"아무리 빨라도 두 달은 걸려요. 언제까지 필요하죠?"

"일주일 후에 유럽으로 출발하니 5일 후 완성할 수 있을까요?"

터무니없이 무리한 요구긴 하지만 엔터테인먼트의 세계에서는 이렇게 진행되는 것이 어느덧 내게 익숙해졌다. 수십 명의 팀원들이 밤을 새워 하루 만에 뮤직비디오를 완성하는가 하면 당일 연락을 받고 비행기에 올라타 해외 공연에 가는 일도 다반사였다. 정신없는 준비 기간을 지나 어느덧 난 스웨덴을 향한 여객기에 올랐다.

호주에서 유럽까지는 대략 비행기로 24시간 정도 소요된다. 긴 비행을 하면서 난 창문 밖에 떠 있는 구름을 보며 비장한 마음을 다졌다.

"집으로 돌아가는 비행기에서는 등수를 가지고 가겠지. 그리고 그 숫자가 나의 평생을 따라다닐 거야…."

마치 온 생을 한 종목에 바친 선수가 올림픽에 출전하는 것처럼. 이런 생각 속에 더욱 긴장과 단단한 각오로 가득 찼다. 42개국이 출전하는 대회. 모두에게 3분이라는 생방송 공연 시간이 주어진다. 그리고 마지막에 전화투표와 현장 심사위원의 투표를 종합해 결과가 나온다. 대부분 무대가 그냥 잊히기 십상이고 소수만이 기억에 남아 투표로 이어지게 되는 것이다.

사실 내가 몇 등이나 할 수 있을지 예상조차 되지 않았다. 모두가 나라를 대표해 우승하기 위해 최선을 다해 준비하는데 내가 꼴찌를 할지 중간 정도 할지 아니면 상위권에 들지 어찌 알 수 있겠는가? 스포츠는 스톱워

치로 초를 재 다른 선수에 비해 내가 어느 정도인지 가
늠할 수 있지만 음악이란 현장 분위기와 사람들 마음에
달려 있기 때문에 내 위치를 어림잡기가 불가능했다.
작년에 호주 대표로 5위를 했던 가수도 대단한 성과를
낸 것이다. 그는 가창력도 뛰어나며 무대 경험도 많은
베테랑이었다. 난 남몰래 속으로 욕심을 가졌다.
'5위 이상은 했으면 좋겠다…'
스웨덴의 수도 스톡홀름에 도착하자마자 한 폭의 그림
같은 유럽의 풍경이 눈앞에 펼쳐졌다. 유로비전을 앞둔
도시는 마치 디즈니랜드 같았다. 도시 전체가 유로비전
을 위해 꾸며져 있었다. 하늘에는 깃발이 줄지어 펄럭
이고 거리에는 유럽에서 몰려든 유로비전 팬들의 들뜬
모습으로 가득했다. 매일 밤 간이로 지어진 '유로비전
클럽'에서 댄스파티가 열리고 낮에는 광장에 만들어 놓
은 '유로빌리지'에서 공연과 축제가 열렸다.
각국의 대사관마다 국빈들과 팬들을 초청하여 파티를
열었는데 이 시기를 외교의 기회로 삼는 것이다. 호주
대사관에서도 파티를 열었다. 나는 공연을 했고 팬들에

게 잘 부탁한다고 말했다. 다른 나라를 대표하는 가수들도 이 파티에 참여해서 내게 인사를 건넸다.
자국민은 자기 나라에 투표할 수 없으므로 상대방 나라의 가수와 친분을 쌓고 사진을 찍는 것이 서로에게 전략적으로 좋은 일이었다.

수만 명을 수용할 수 있는 공연장. 커다란 무대와 수놓은 듯 화려한 조명. 서커스 공연을 하듯 카메라들이 공중에서 날아다녔다. 첫 예선 무대를 앞선 리허설이 시작되었다. 예선을 앞두고 현장 리허설이 세 번이나 있었는데 리허설이라고 부담 없이 몸을 푸는 정도로 여길 수가 없었다. 건물 뒤쪽 기자실에 각국의 기자들이 모여서 이 리허설을 보고 실시간으로 기사를 내고 있기 때문이었다! 기자들이 리허설을 보고 나의 첫인상에 관해 기사를 쓸 것이고 그 분위기에 따라 많은 대중이 투표할 것이다. 나는 처음부터 달리기로 결심했다.
엑스팩터에 참여한 경험이 도움이 되었다. 또 어렸을 때 보던 한국 프로그램 '나는 가수다'를 떠올렸다. 감미롭게 시작하지만, 점차 고음으로 뻗어 나가 모두에게 희열을 느끼게 하고 소름이 끼치게 하는 그런 포인트. 적어도 경연에 있어서는 그런 것이 필요한 것이다.

〈Sound of Silence〉는 반복적이면서도 호소력 있는 훌륭한 곡이지만 대회를 위해서는 뭔가 더 필요하다는 생각이 들었다. 더구나 곡이 발표되고 "유로비전 곡으로는 너무 반복적이다"라는 댓글들이 많았다.

그래서 나는 이 무대를 위해 비장의 무기를 준비했다. 전주가 시작되고 노래를 시작했다. 나는 무대 중앙에 놓인 2미터가 넘는 네모난 박스 위에 앉아 노래를 부른다. 두 번째 후렴이 끝난 뒤 무대로 내려와 카메라에 눈을 맞추고 간절하게 브리지를 부른다. 이때 나는 원곡과 다르게 고음으로 치솟았다. 그리고 후렴을 반복하지 않고 고음을 계속해서 이끌어 가다가, 다시 후렴 멜로디를 부르고 마지막 부분에서 또 한 번 더 높은 고음을 끌며 노래를 마쳤다. 무사히 첫 리허설을 마치자 기자실에서는 난리가 났다.

"와우! 이 곡을 이렇게 부를 줄은 몰랐어!"
"라이브가 오히려 더 파워풀한데?"

현장에서는 물론, 유로비전 관계자들에게 갑자기 히든 카드로 떠오르게 된 것이다. 리허설을 마치고 숙소로 돌아가는데 호주 소속사에서 전화가 왔다.
"다미, 노래를 원곡에서 바꿔 불렀던데, 원곡대로 부르는 게 좋겠어요."
"아… 왜죠? 반응이 좋은데…"
"바꾸지 말고 원곡 그대로 부르세요."
그때 호주에서 함께 온 유로비전 총 책임 프로듀서가 옆에 있었다. 무대를 함께 기획하며 호주가 유로비전에 참가할 수 있도록 기회를 만든 폴이라는 사람이다. 내가 통화는 모습을 보고 이상한 낌새를 차리고 무슨 일이 있는지 물어보았다.

"소속사에서 원곡대로 부르라고 하네요. 어쩌죠?"
"음…"

폴이 잠시 머뭇거리더니 말했다.

"그냥 다미 하고 싶은 대로 하는 게 어떨까요? 그들은 어차피 여기 없잖아요."

그때까지는 몰랐다. 너무 순진했던 걸까. 내가 속한 소속사는 음원을 많이 팔아 이익을 얻는 것이 관심의 전부였다. 내 유로비전 순위가 어떻게 되든 그들의 관심사가 아니었다. 난 나와 같이 일하는 사람들이라고 해서 가수인 나의 처지를 대변해 주지만은 않는다는 것을 처음으로 깨닫게 되었다. 지금은 너무 당연하게 느껴지지만… 그때는 모두가 다 나와 같은 마음일 거라고, 당연히 나의 입장을 회사도 생각한다고 믿었다.

현재 내게 가장 중요한 임무는 예선을 통과하는 것이었다. 42개국에서 절반만이 본선에 오른다. 나와 함께 스웨덴까지 온 팀원들을 떠올렸다. SBS방송국 직원들, 프로듀서, 홍보팀, 소셜미디어팀, 헤어메이크업 등등. 그리고 호주에 남아 유로비전 일을 하는 수많은 사람들. 내가 예선 탈락을 하면 너무 많은 사람에게 실망을 주는 것이다.

"그래, 내 계획대로 최고의 무대를 보여 줄 거야."

예선이 시작되고 내가 무대에 등장하자마자 스타디움
에서 엄청난 환호가 울려 퍼졌다. 엄청난 부담과 긴장
속에서 조용히 노래를 시작하고 조금씩 조금씩 마지막
을 향해 간다. 마지막 후렴구에서 고음이 울려 퍼지고
끝 음까지 파워풀하게 성공적으로 마쳤다.

"와!!!"

그렇게 커다란 환호와 함성은 처음 들어 보았다. 모두
가 발을 구르고 소리를 지르며 내 이름을 외쳤다. 수많
은 사람이 들고 있는 깃발들이 파도처럼 흔들리며 온
공연장을 채웠다.
"Thank you, Europe! I love you."
호주가 예선을 1위로 통과했다.

그래
계획대로
최고의 무대를
보여 줄 거야!

유로비전에 나가다

이제 본선 무대가 남았다. 본선 날이 가까워질수록 미
디어의 분위기로 호주가 대략 5위 안에는 들 거라는 느
낌이 들었다. 그리고 공연 전날 가장 인기 좋은 유로비
전 팬 사이트에서 우승 후보를 꼽는 비디오를 올렸다.
"나는 누가 뭐래도 우승으로는 호주의 무대를 꼽을 수
밖에 없어."
"나도 그렇게 생각해. 다미 임은 지금까지 매번 새로운
모습을 보여 주며 우리를 놀라게 했어."
엑스팩터 결승전을 하던 날이 떠올랐다.

'혹시 우승하면 어떻게 하지?'

갑자기 덜컥 두려움이 생겼다. 인생이 바뀔 것 같은 불안감이었다. 본선의 모든 경연 무대가 끝이 나고 이제 모두 파티 분위기가 되었다. 공연장에는 축하 공연으로 저스틴 팀버레이크Justin Timberlake가 신곡 〈Can't Stop the Feeling!〉이라는 노래를 부르고 있었고 참가 가수들은 긴장을 풀고 줄을 지어 춤을 추고 그 순간을 마음껏 즐겼다. 그리고 드디어 결과를 발표하는 시간이 왔다. 각 나라의 투표 결과를 하나하나 발표했다.

"12 points go to… AUSTRALIA!!" (12점은…. 호주!)

12점이 최상의 점수이다. 계속해서 다른 나라들이 호주에게 최고의 점수를 주고 있었다. 그럴 때마다 카메라가 내 얼굴을 비추었고 나는 팀들과 함께 기뻐했다. 점수가 발표될 때마다 호주가 맨 꼭대기에 있는 것을 보았다. 우리 팀원들은 긴장해서 얼굴이 창백해지기도 했다. 유럽에 속하지도 않은 호주가 우승을 하면 그다음은 어찌해야 할지 생각도 해 놓지 않은 것이다! 다들 기뻐하면서도 이런 상황에 당황하고 있었다. 42개국 심사위원의 점수를 다 발표하고 이제는 전화투표를 한꺼번에 발표하면 끝이다. 그때까지만 해도 호주가 1위였다.

전화투표 결과가 나왔을 때, 2등이었던 우크라이나가 1위로 올라가고 우리는 2등으로 내려가게 되었다. 우크라이나가 무대로 올라가 우승 소감을 발표했다. 나는 어리둥절하고 마치 롤러코스터를 타다가 떨어진 사람처럼 얼떨떨했다. 예상치도 않게 1위를 하려다가 또 순식간에 갑자기 2위를 하니까 뭔가 우승을 빼앗긴 것 같기도 하고. 끝나고 바로 방송 인터뷰를 하는데 뭐라고 말하는지 생각도 안 났다. 그냥 감정이 복받쳐서 눈물이 나왔다. 그동안 고생했어. 그리고 너무 잘했어. 자신을 위로하고 칭찬해 주고 싶었다.
42개 국가 중에서 호주가 2위를 한 것이다. 1등을 하려다 2등이 된 것 때문에 논란이 많이 되었다. 호주가 유

럽에 속하지 않아서 1위를 시키지 않은 것이라는 목소
리도 있었다.

유럽에 속하지 않은 나라가 준우승을 한 것은 큰 화젯
거리가 되었다. 지금까지도 호주는 매년 유로비전에 참
가하고 있는데 아직도 내 기록은 깨지지 않았다.

자신감의 발견

엑스팩터가 나를 무명에서 이름이 알려진 가수로 만들어 주었다면 유로비전은 나를 국민 대표 가수로 높여 주었다. 유로비전이 끝나자마자 호주의 총리와 반대 당 대표가 앞다투듯 트위터에 축하 메시지를 올렸다. 수많은 유명 인사들이며 많은 국민이 유로비전의 놀라운 결과를 보았고 나라가 떠들썩했다. 스웨덴 현지에서는 신문 1면에 내 사진이 커다랗게 실렸다.

하지만 유로비전은 그저 가수로서 나의 음악인 커리어에 날개를 달아 준 그런 차원이 아니었다. 내 인생에 있어 모두의 비위를 맞추는 '어린아이'에서 해야 할 말 하고 나의 앞길을 책임지고 결정하는 '당당한 여성'으로서 새롭게 태어나는 계기. 새로운 나를 발견하게 된 전환점이었다.

그렇게 꿈과 같이 드라마틱한 유로비전이 끝나고 다음 날이 되자 모두가 각자 자기 집으로 돌아갔다. 나는 원래는 스웨덴에 일주일간 남아서 신곡 작업을 하려고 했었다. 이렇게 좋은 결과를 낼 줄 모르고 만들어 놓은 일정이었다. 하지만 이 시점에 일주일간 사라져 곡 작업을 하는 것은 말이 되지 않는다는 생각이 들었다. 호주에 있는 매니저에게 전화를 걸었다.

"이런 기회를 놓치는 것이 아까운 것 같아요. 유럽에서 홍보 일정을 잡을 수 없을까요? 아니면 호주로 돌아가서 멋진 축하공연을 기획하든가."

매니저는 알겠다고 하고 회사와 이야기해 보겠다고 했다. 그런데 연락이 오질 않았다. 나는 마음이 조급해졌다.

"어떻게 되고 있나요?"

"뭘 바라는 거니? 돌아오겠다는 거야 거기 있겠다는 거야?"

"상의하자는 거죠. 유로비전에서 성공한 이런 기회를
잘 살리려면 어찌해야 하는지 저도 몰라서 의논을 하
자는 거죠."

내가 부당한 요구를 하는 것이 아니었다. 이런 상황에
아티스트가 매니저에게 조언을 구하고 같이 계획해 나
가는 것은 당연한 일이다. 하지만 매니저는 얼버무렸고,
결국 나는 가장 화젯거리였던 그 기간을 어두운 스튜
디오에서 보내게 되었다. 나는 곡 작업을 할 수 있는 정
신력도 없었고 마음은 다른 곳에 있었다.

유로비전 무대를 프로듀싱한 폴에게 안부 전화가 왔다.
얼마나 대단한 일을 해냈는지, 그동안의 여정을 되짚어
보며 자축을 했다. 그가 어렵게 말을 꺼냈다.

"음…. 쭉 지켜보았지만 지금 매니저가 다미에게 도움
이 되는 것 같지는 않아요. 유로비전에 오지도 않았
고…."

"그건 알아요. 그래도 어떻게 매니저를 바꾸겠어요. 그런

말을 꺼내면 화내고 난리 칠걸요. 그 사람 성격 알죠?"
"왜 못 바꿔요? 그도 성인인데 알아서 감당할 거예요."

벌써 몇 년째 같은 매니저와 일하고 있었다. 엑스팩터 우승 후에 자동으로 계약하게 된 회사였다. 그동안에 여러 가지 불만이 많았지만 계약 기간이 남아 있어 불이익을 당할까 봐 참고 기다리고 있었다.
예를 들면 한국과 중국에서 초청을 받아 공연 일정이 잡혔는데 급한 일이 생겨서 다음 비행기로 갈 테니 먼저 가 있으라고 했다. 막상 도착하니 그는 출발도 하지 않았다. 그리고 내가 왜 오지 않냐고, 차라리 사정이 생겨서 처음부터 못 온다고 솔직하게 왜 말하지 않았냐고, 진지하게 따졌더니 오히려 버럭 화를 냈다. 내 탓인 것처럼, 내가 감사하지 못했고 일할 맛이 나게 하지 않았다며…. 분하고 억울했지만 불만을 더 표시했다가는 오히려 주어진 기회마저 빼앗길지 모른다는 두려움에 분을 삼켰다. 그리고 언젠가 내가 더 성공해서 떠날 수 있을 때 두고 보자….

폴과의 대화에서 큰 충격을 받았다. 그리고 오랜만에 계약서를 꺼내 보았다. 근데 이게 무슨 일인가! 계약이 마침 끝나 가고 있는 것이었다. 음반사와의 계약은 아직 남았지만, 매니지먼트 계약은 이제 새로 갱신해야 하는 시기가 온 것이다. 호주에 돌아가자마자 미팅을 잡았다. 그리고 진지하게 물어보았다.

"매니저로서 당신이 나를 위해 어떤 일을 하는지 설명할 수 있나요?"

따지는 것도 아니고 진짜 답을 듣고 싶어 눈을 마주치고 용기를 내 물었다. 사실 최근까지는 내가 하는 중요한 스케줄에 함께 오지도 않았고 여러 가지 문의가 왔을 때 답장을 바로 하지 않아서 기회를 놓치는 일들도 많았다. 내 연락처를 주고 직접 내가 스케줄을 잡는 지경까지 왔다. 유로비전을 통해 전성기에 올라 있는 내가 호주에 돌아와서는 예전에 잡힌 행사를 뛰었다. 회사원들이 스테이크를 썰고 나는 작은 무대에 올라서 노래를 했다. 얼마 전까지 유로비전에서 누린 영광에 비교되면서 너무나 초라하고 굴욕적이었다.

여러 가지 말을 했지만 딱히 이해가 되는 답은 돌아오지 않았다. 결론은 자기도 내게 별로 도움이 되지 않는다는 것을 증명한 셈이다.

매니저의 가장 중요한 역할을 한마디로 정리하자면 이 것이다. 아티스트와 미래를 설계하고 계획하여 실행하는 것. 아티스트에게 어떤 방향성과 목표가 있는지, 그것을 이루려면 어떤 노력을 해야 하는지, 그리고 그것을 함께 이루는 것. 이 사람은 여러 아티스트를 돌본다는 핑계로 통화하는 것도 힘들었고 대화를 하려고 해도 정신없이 주제를 왜곡시켜서 제대로 된 대화를 하기 어려웠다. 이것이 내가 가장 힘들어하는 부분이었다. 안 좋은 소식을 전해야 할 때 꼭 좋은 소식인 것처럼 둘러대기 일쑤였고, 진실한 소통이 불가능했다. 난 그저 솔직함을 원하는데 말이다.

처음 대형 음반사와 매니지먼트를 만났을 때는 교회나 작은 바에서 노래하던 나에게는 상상도 못 할 커다란 기회였기 때문에 과분하고 감사해서 뭐든 거스르지 않고 따르려는 마음이었다. 이 행운의 자리는 내 것이 아닌데 잠깐 빌리는 것 같았다. 그런데 유로비전 이후에 생각이 달라졌다. 유로비전에 참여하기 전과 후의 임다미는 180도 바뀌어 버렸다. 내면에서 잠자고 있던 호랑이가 깨어난 듯했다.

'난 당당히 호주와 한국을 대표하는 가수이다. 그리고 이 자리를 내가 지킨다.'

수많은 가수들이 TV 오디션을 통해 별처럼 대중의 시선을 사로잡았다가 혜성처럼 사라진다. 나도 그렇게 곧 옛날로 돌아갈 거라 생각했었다. 하지만 우승 후 벌써 3년이 흘렀고 가수로서 나의 길은 아직도 계속되고 있었다.

회사를 만나 유로비전 같은 좋은 기회를 얻기도 했지만 답답하고 불합리한 일들도 많이 겪어 왔다. 그동안은 입을 꾹 닫고 참아 왔지만 이제 그럴 수 없었다. 그저 주어지는 대로 수동적으로 받아들이는 것이 아니라 내가 기회를 만들어야겠다고 다짐했다.

우선 내 주변에 일하는 사람들을 점검해 보았다. 가장 먼저 바꿔야 하는 것은 나를 잘 대변해 주는 성공적인 커리어를 함께 계획할 수 있는 매니저가 필요했다. 그때 엑스팩터 우승 전에 처음으로 만났던 음반사 마케팅 담당자 켄이 떠올랐다. 그는 말수가 적었지만 매우 능숙하고 무엇보다 진실했다. 카페에서 미팅을 잡았다. 그리고 현재 내가 처한 사정을 설명했다.

"켄, 나의 매니저로 일해 주세요."

누구에게라도 상처 줄까 봐 두려웠지만 나는 계획을 행동으로 옮기기 시작했다. 하나둘씩 점점 수동적인 삶이 아닌 나의 설계대로 진행했다. 이제 새로운 매니지먼트와 함께 가수 인생의 미래를 꿈꾸게 된 것이다.

새로운 매니저와 힘을 합쳐 내가 속했던 대형 음반사를 나오게 되었다. 그리고 2019년 드디어 해외시장에 조금 더 집중하여 기회를 만들기 시작했다. 필리핀 마닐라에

나는 '어린아이'에서
앞길을 책임지고 결정하는
'당당한 여성'으로 새롭게 태어났다

서 쇼케이스를 열고 울산에서 열리는 아시아송페스티벌에서 케이팝 가수들은 물론 해외 가수들과 함께 멋진 공연도 하게 되었다. MBC '음악 중심'에서 신곡 《Crying Underwater》를 부르기도 했다. 이제 새롭게 열리는 나의 시대, 너무나도 바쁜 한 해가 기다리고 있었다.

나만의 댄스

그런데 인생은 늘 계획한 대로 되지 않았다. 2020년 초에 갑자기 누구도 예측할 수 없는 상황이 전 세계적으로 발생했다. 바로 코로나 팬데믹의 시작. 호주는 다른 나라에 비해서 더욱 엄격히 대응했다. 새로운 매니저와 야심 차게 계획했던 해외 일정 모두 물거품이 되어 버렸다. 호주 내에서 잡아 놓은 전국 투어도 취소되었다. 집 밖에 나가는 것도 금지되는 암울한 시간이었다.

그때 마침 호주 방송에서 섭외가 왔다. 다른 모든 활동이 중단되었던 만큼 반가운 소식이었다. 문제는 댄싱프로그램이었다. 나는 심각한 몸치이기 때문이다. 노래하는 사람으로 춤을 잘 출 필요는 없지만, 음악을 몸으로도 표현할 수 있어야 좋은 공연을 할 수 있고, 뿜어져 나오는 에너지가 다르다는 것을 알고 있다. 그렇지만 마음대로 몸이 움직이지 않는 걸 어떻게 할까…. 고등학교 때도 친구들이 "왜 그렇게 걸어? 다미 걷는 게 참 특이해"라는 말을 많이 들었고, 웬만하면 조언하지 않는 노아도 "흠…. 걷는 건 그렇게 안 했으면 좋겠어"라는 나름 따끔(?)한 말을 해 주곤 했다.

이런 나에게 한 호주 방송의 댄싱프로그램 섭외 요청이 왔다. '잘할 수 있을까?' 내심 걱정도 됐지만 오히려 전 국민 앞에서 춤을 전문적으로 배울 기회라고 생각하며 최선을 다했다. 프로그램이 시작되기 한 달 전부터 나의 댄스 파트너이자 코치와의 맹연습이 시작되었다. 정말 주중에 하루도 빠지지 않고 연습했다. 몸 이곳저곳이 쑤셔 올 만큼 집에 와서도 거울을 보며 한 달간 연습을 했다.

드디어 생방송 댄스 공연이 시작되었다. 우리는 매주 비행기를 타고 멜버른이라는 도시에 가야 했다. 방청객이 가득 있는 댄스홀에서 춤을 추고 평가를 받는 생방송 프로그램이었다. 몸치이긴 하지만 막상 현장 관객이 가득 찬 공연장의 분위기를 느끼자, 자신감이 생겼다. 관객 앞에서라면 긴장감이 드는 것은 사실이다. 하지만 곧 그 긴장감이 기대감과 롤러코스터를 타는 듯한 두근거림이 된다.

첫 회에 준비한 비에니즈 왈츠는 무사히 마쳤다. 그 시간만큼은 원래 춤을 잘 추는 사람인 양 부드럽고 세련되게 스텝을 밟았다. 마지막에 댄스 파트너가 나를 들어 올려 공중에서 한 바퀴를 돌려 사뿐히 내려오자, 관객들의 환호와 박수가 울려 퍼졌다. 관객들이 주는 에너지를 받으며 평소 실력보다 30퍼센트 정도 잘 소화해 낸 느낌이었다. 관객에게는 그렇게 마법 같은 힘이 있다.

그런데 문제가 터졌다. 코로나 사태가 확산되면서 정부에서 엄격한 규칙을 발표하는 상황이 벌어졌다. 그러면서 댄싱프로그램의 긴 역사상 처음으로 관객 없이 생방송을 진행하기로 결정이 된 것이다. 모든 출연자와 관계자들은 마치 영화의 한 장면처럼 방송을 멈추고 수상의 비장한 연설을 듣게 되었다.

"우리 국민은 이 사태를 잘 이겨 나갈 것입니다."

연설이 끝나고 모두가 일사불란하게 제자리를 향했다. 다음 팀이 화려한 라틴 댄스복을 입고 '차차'를 추었다. 모두가 처음 겪는 상황에 어리둥절했지만 국민의 불안감을 달래기 위해 더욱 열심히 춤을 보여 주자며 출연자들은 최선을 다했다.
그렇게 몇 달 동안 춤을 연습하고 배웠지만, 여전히 나는 춤에 있어서는 참 어색한 몸치임을 인정한다. 고칠 수 없는 나만의 몸짓이라고…. 그리고 10년이 넘는 수많은 공연과 무대에서 나의 어색한 몸짓이 매력적이라고까지 말해 주는 팬들이 있으니…. 춤까지 잘 추고자 하는 나의 마음은 고이 접어 두고, 내 모습을 있는 그대로 받아들이기로 했다.

돌솥비빔밥

"다미 씨는 요리를 잘하나요?"
"물론이죠. 음식에 관심이 많고 요리에 정말 탁월하거
든요."

매니저가 전화를 끊었다. 반은 진실이고 반은 거짓이었
다. 내가 음식에 관심이 많은 것은 사실이다. 뭐든 잘
먹고 먹는 즐거움을 낙으로 여기는 전형적인 한국인의
피가 흐른다. 하지만 요리에 탁월하다는 것은 순전히
거짓말이었다.

"누군데요?" 내가 물었다. "'마스터셰프'에서 섭외가 왔어!"

코로나가 길어지면서 공연과 활동을 쉬고 있는 중 반가운 전화였다. 마스터셰프는 호주에서 인기가 많은 프로그램 중 하나로 요리를 잘하는 일반인들이 요리 경연을 해서 최종 우승자를 가리는 프로그램이다. 이번에는 연예인으로 구성된 시리즈를 만든다는 것이었다. 호주에서 가장 유명한 영화배우들과 스포츠 선수들, 코미디언, 그리고 내가 섭외되었다. 한국에 알려진 인물로는 올림픽 금메달을 5번 딴 전설적인 수영선수 이언 소프 Ian Thorpe와 영국의 유명 요리사 고든 램지Gordon Ramsay의 딸 틸리 램지Tilly Ramsay 등이 출연한다고 했다.

준비할 시간도 없이 촬영 날이 다가왔다. 체육관만 한 커다란 촬영장에 여러 대의 가스레인지와 주방 기구가 줄지어 있었다. 재료실에는 채소, 고기, 생선, 가루 종류, 양념 등 슈퍼마켓 버금가는 수준으로 놓여 있었다. 나의 요리 실력은 그저 그런 정도이지만 나름의 필살기가 있었다.

'한국 음식을 하면 평가하기가 어렵겠지!'

그렇게 첫 번째 챌린지에는 '돌솥비빔밥'과 '된장국'을 선보였다. 뜨거운 돌솥을 미리 준비해서 참기름과 소금에 볶아 낸 채소들과 고기. 그 위에 계란후라이를 얹고 고추장을 올려 가지런히 플레이팅을 하고, 두부와 애호박이 든 된장국에 다진 고추를 썰어 넣어 칼칼한 느낌을 내었다.

"와우 최고야!"
"음! 냄새가 너무 좋아."

출연자들의 반응이 너무 좋았다. 정말 놀랍게도 첫날, 돌솥비빔밥으로 난 1등을 하고 말았다. 작전 대성공이다! 그다음은 소울푸드를 만드는 챌린지였다. 집에서 쉬는 날 편안하게 해 먹는 음식을 만드는 것. 나는 평소에 가장 좋아하는 잔치국수를 만들기로 했다. 마른 멸치 육수는 다른 육수에 비해 정말 담백하고 고소하면서 깊고 특별한 맛을 낸다. 거기에 애호박과 당근과 달걀로 고명을 얹고, 간장에 매운 고추와 파를 가득 썰어 넣은 양념장도 따로 준비했다. 담백한 국수에 빠질 수 없는 해물 김치전도 만들었다. 심사위원들이 국수 맛을 보며 고개를 끄덕인다.

'역시, 맛없을 수가 없지!'

그리고 김치전을 맛본다.

"국수는 최고예요. 근데… 해물전이 바삭하지 않고 조금 눅눅하네요."

맙소사! 내 요리 실력이 들통나는 순간이었다. 비록 한국인은 아니지만 요리에 전문가인 그들이 내 해물 김치 전의 흐물거림을 못 느끼도록 기도하고 있었는데… 딱 들켜 버린 것이다. 특별하지 않은 요리 실력이지만 한국 음식을 시청률 높은 호주 방송에서 선보일 수 있었으니 즐거운 일이었다. 시청자 반응도 좋았다.

"돌솥비빔밥 정말 먹어 보고 싶다!"
"어디서 파는지 아시는 분?"
"잔치국수 레시피 알려주세요…"

요리 프로그램에 출연함으로써 한국 음식을 호주에 더
욱 알리는 계기가 되어 기뻤다.

또 하나 아주 특별한 기억으로 남은 챌린지가 있었다.
'미스터리 박스'라는 챌린지였는데 상자 안에 들어 있
는 비밀의 재료를 사용하기로 하면 10분의 요리 시간
을 더 준다는 것이었다. 나는 손을 들었다. 물론 무슨
재료인지는 모른 채로!
드디어 상자를 열어 재료를 공개하는 순간.
"꺅"
나도 모르게 찢어질 듯한 비명이 나왔다.
"징그러워!"
상자 속에는 말린 귀뚜라미들이 가득 담겨 있었다! 너
무 놀라서 당황하는 것도 잠시… 심사위원의 함성과

함께 주어진 요리 시간이 시작되었다.

나는 마음먹은 대로 침착하게 요리를 시작했다. 모두에게 주어진 일등급 소고기가 있었기에 난 부드러운 육전을 부치기로 했다. 소고기를 얇게 썰어 밀가루를 묻히고 달걀물을 입힌다. 이제 귀뚜라미를 사용할 차례이다.

'이 징그러운 벌레를 어떻게 사용하지?'

용기를 내어 한 마리를 집어 들었다. 눈을 질끈 감고 입에 넣었다.

"아삭!"

귀뚜라미가 입속에서 과자처럼 부서졌다.

'나쁘지 않은데?'

아이디어가 떠올랐다. 프라이팬에 귀뚜라미를 살짝 볶았다. 절구에 넣고 빻았다. 달걀물이 묻은 소고기를 가루가 된 귀뚜라미에 쓱쓱 쓰다듬듯 묻힌다. 빵가루처럼. 그리고 기름을 두른 프라이팬에 노릇하게 구웠다. 새콤한 소스를 곁들이니 새콤 짭짤 바삭한 귀뚜라미

소고기 육전이 완성되었다!

방송에서 우리 가족은 명절에 온 가족이 한자리에 모여 육전을 먹는다고 소개했다. 어렸을 적 할머니, 이모 삼촌들이 모여 한쪽에서 전을 부치며 이야기를 나누고 한쪽에서는 나와 사촌들이 바스락거리며 놀던 기억을 떠올리며 소개했다.

역시나, 대성공!

육전의 풍부한 맛과 새콤한 소스의 조화에 칭찬받았다. 또 귀뚜라미를 적절하게 잘 활용했다는 평도 들었다!

전 세계적으로 한국 요리가 큰 주목을 받고 있다. 호주도 예외는 아니다. 최근 들어 더 많은 사람이 한식을 찾고 있고, 한국 식당은 자리가 없을 정도로 인기가 많다. 외국인들이 한국 음식을 먹고 다 같이 하는 말이 있다. '다양한 맛'이 참 잘 어우러져 있다고. 또 '너무 기름지지 않고 건강하고 가벼운 느낌'이라며 좋아한다.

한국 음식이 세계적인 사랑을 받는 덕분에 나도 2주

동안 칭찬을 받으며 마음껏 요리를 즐겼지만, 3주 차가 되자 점점 내 진짜 실력이 들통나면서, 나의 마스터셰프 여정은 끝이 나고 말았다. 아무튼 오늘 저녁은 노릇노릇 김치전을 부쳐야지!

내 사랑 한국

이번 방문은 달랐다. 한국에서 태어나 자랐고, 이민하고서도 여러 번 한국을 방문했지만, 호주에서 가수로서 이름이 알려진 후의 방문은 나를 무척 설레게 했다. 마치 금의환향하는 느낌이라고 할까? 고국에 대한 향수병은 늘 있었지만, 이번 여행은 더욱 강력하게 내 마음을 요동치게 했다.

호주 방송에서 가수 임다미의 뿌리와 고향에 대해 촬영하고 싶다며 기획한 여행이었다. 방송 제작진과 코치 대니와 함께 갔기에 일정은 무척 짧았고, 짧은 시간에 한국의 많은 것을 보여 주고 싶은 마음에 한껏 설레면서도 분주했다.

호주 방송팀도 마찬가지였다. 최대한 많은 장면, 한국에서 나의 삶과 Kpop, 한국 문화를 카메라에 담고 싶어 했기에 가는 곳마다 촬영과 인터뷰가 이어졌다. 그 가운데 방송국에서 나를 위해 몰래카메라를 준비했다. 대니와 함께 한 녹음실에 도착했는데, 그곳에 가수 보아가 있는 게 아닌가?

"어떡해… 어떡해…!"

온몸에 소름이 끼쳤다. 보아를 직접 만나게 될 줄은 꿈에도 몰랐기 때문! 나의 우상이었던 보아. 춤도 잘 추고 노래도 당차게 잘하는 그녀를 보면서 어린 시절 가수의 꿈을 키워 왔는데, 직접 그녀를 만나게 되다니!

사실 나에게 있어 보아는 그저 한때 좋아하던 가수 이상이다. 내가 가수가 되는 데에 큰 영향을 주었다고도 할 수 있다.

내가 13살 때 일이다. 보아의 노래를 즐겨듣는 나를 보고 아빠가 말하셨다.

"가수들은 다 장비 발이야. 누구든 장비만 잘 활용해서 녹음하면 저 정도는 할 수 있어."

'그런가?'

아빠가 노트북에 녹음 프로그램을 깔아 주었다. 그리고 반주에 맞춰 보아 노래를 열창하며 녹음하기 시작했다.

> 우리 얼마 만인가요
> 참 오랜 시간이 흘렀네요
> 왜 자꾸 내 맘이 아픈 건지

노래가 끝나고 방금 녹음한 나의 목소리를 틀어 보았다. '이게 아닌데…'

아빠의 도움으로 프로그램 속의 여러 가지 효과를 주었다. 에코도 넣고, EQ도 바꿔 보며… 여전히 내 목소리는 별로였다. 난 충격에 빠졌다.

'보아는 정말 노래를 잘하는 거였어!'

나 정도면 노래를 잘한다고 막연하게 생각하고 있었는데, 내 실력이 형편없음을 처음 깨닫는 순간이었다.

그때부터였다. 나는 조금 더 잘 부르고 싶어서 같은 노래를 반복해서 녹음했다. 한 부분씩 잘라서 녹음도 해 보고 한 단어만 다시 해 보기도 했다.
그렇게 시작된 노래와 녹음에 대한 나의 집착은 고등학교가 끝날 때까지 이어졌다. 주말이면 난 밥도 안 먹고 녹음에 푹 빠져 있었다. 덕분에 내 노래 실력은 조금씩 조금씩 늘기 시작했다.

모든 노래를 따라 부르며 모든 공연 영상을 다 찾아보았던, 내 첫사랑 같은 그 가수가 내 앞에 있다. 아담한 외모에 조각같이 예쁜 얼굴, 그리고 내면에서 뿜어져 나오는 파워풀한 그녀의 음성과 자신감은 금방 사람들을 사로잡았다.

보아 앞에서 나는 나의 노래 〈Super Love〉를 열창했고, 보아는 크게 손뼉 치며 환호해 주었다. 꿈만 같은 시간이 한국에서 이어졌다.

그 외에도 공중파 라디오와 TV에 출연하여 노래를 부르고, 호주 오디션 프로그램에서 우승하게 된 이야기를 할 수 있었다. 그리고 Kpop 콘서트도 구경하고 판문점에 방문하고, 할머니 댁에 가서 한국의 전통 음식과 생활 모습을 촬영했다. 방송팀은 시간 시간마다 무척 흥미로워했다.

동양의 작은 나라라고 차별받았던 지난 시간이 떠올랐다. 차가운 눈빛, 소외시키는 말투… '기회는 없을 거야, 우린 이방인이니까…' 무의식중에 담아 두었던 마음속 소외감과 패배감이 한순간에 풀려 나갔다.

나는 자유로워졌다. 나는 강해졌다. 모두들 놀라게 될 거야. 동양의 작은 나라지만, 우리나라가 얼마나 특별한지!

나는 그 변화의 중심에 서 있음에 감사했다.

모두들 놀라게 될 거야. 동양의 작은 나라지만,
대한민국이 얼마나 특별한지!

Chapter 4

사랑과 성공은
기다리지 않는다

지하 방송국

사람들은 내가 하루아침에 가수로 성공했다고 생각하겠지만, 절대 그렇지 않다. 한국에서 크리스천 가수로 오랜 시간 무명의 시간을 지나왔기 때문이다. 열악한 환경에서 꿋꿋이 버텨 온 시간은 그 어떤 것과도 바꿀 수 없을 것이다.

재즈 보컬로 대학원을 마치고 가수의 꿈을 펼치고 싶었지만, 막상 노래할 기회들은 많지 않았다. 학생 때 녹음한 앨범 한 장을 가지고 찬양 가수 활동을 해 보자고 생각했다. 그때 아버지가 한국의 CCM 방송국을 검색해서 전화를 걸었고, 국장님과 약속을 잡았다. 나는 한껏 들뜨고 설레는 마음으로 방송국을 찾아갔다. 그런데 걷다 보니 갑자기 무서워졌다. 분명히 방송국인데, 어둡고, 컴컴한 골목길을 지나가야 했다. 주변에는 오래된 공장들과 철물점만이 눈에 들어오는 것이었다.

'주소를 잘못 봤나?'

거듭 확인해 보아도 방송국의 주소는 이곳이 맞다. 사방을 두리번거리며 찾아봐도 방송국 간판은 보이지 않았다. 마침내 주소에 적힌 건물에 도착했을 때, 심장이 덜컥 내려앉았다. 30년은 더 되어 보이는 낡고 오래된 건물에 작은 글씨로 'WOWCCM'이라고 쓰여 있었고, 심지어 내려가는 계단에 붙어 있었다. 지하실에 있는 것이다. 한 사람이 내려갈 수 있는 좁은 계단을 내려가 보니, 현관문이 있었고, 환하게 웃는 한 남자를 만날 수 있었다. 방송국은 아주 작은 녹음실과 화장실 한

칸이 전부였다.
"어서 오세요. 만나서 영광입니다!"

소탈해 보이는 젊은 남자였다. 와우씨씨엠 김대일 국장
과의 만남은 이렇게 시작됐고, 나는 그때부터 본격적
으로 그와 함께 인터넷 방송 진행과 한국의 크고 작은
교회 및 행사에 가서 노래를 부르게 되었다. 자원봉사
로 부를 때도 있고 소량의 수고비를 받을 때도 있었지
만 초청받은 모든 곳에 감사한 마음으로 찾아갔다. 정
말 다양한 곳에서 노래하는 경험이었는데 가장 어려운
것은 음향 장비였다. 장비가 제대로 갖춰지지 않은 곳
이 대부분이었기 때문이다. 내가 준비해 간 MR이 현장
에서의 낡은 장비 때문에 갑자기 멈추는가 하면, 마이
크가 듣기 싫을 정도로 목소리를 가늘게 만들어 버리
기도 했다.

한 번은 회사의 신우회에서 초청을 해 주었다. 회사 내
의 성도들이 모여서 말씀 듣고, 예배하는 자리. 초대를

받아 특송을 하려고 나갔는데, 마이크와 키보드는 준비되어 있는데, 아뿔싸! 마이크 스탠드가 없는 게 아닌가! 하는 수 없이 나를 초대하신 분께서 마이크를 손으로 붙잡아 내 입에 갖다 대 주었다. 노래하는 내내! 지금은 생각할 때마다 웃음이 나오지만, 그때는 당황스럽기 짝이 없었다.

또 수동 마이크 대는 시간이 지날수록 계속 아래로 떨어진다는 한계가 있었다. 나는 피아노를 치면서 점점 구부정하게 수그려 낮아지는 마이크를 따라갔지만, 마지막 곡이 끝날 때쯤 마이크는 내 배꼽쯤에 있던 적도 있었다.

또 한 번은 천안에 있는 교회에 초청받았다. 성도들은 한껏 기대하는 마음으로 교회 안 가득 반짝이는 눈빛으로 내 노래를 기다렸다. 그런데 정말 슬픈 일은 그날 몸 컨디션이 좋지 않아서 목소리가 거의 나오질 않는 것이다.

'오. 마이. 갓.'

이런 일은 드물었는데… 눈을 꼭 감고 쉰 목소리로 최선을 다해 찬양을 불렀지만 제대로 나오는 노래가 하나도 없었다. 그곳에 함께 갔던 우리 부모님조차 너무 창피했다고 그럴 정도였다. 너무 죄송해서 고개를 못 들고 있었는데, 나오는 길에 교회 전도사님이 따라 나오셨다.

"저희가 드릴 건 없고, 제가 만두 공장을 해서요. 만두를 좀 준비했어요. 맛있을 겁니다."

"네?! 만두요? 감사합니다. 잘 먹을게요."

트렁크 가득 만두를 채워 주었다! 우리 가족은 깜짝 놀랐다. 만두가 너무 맛있었기 때문이다. 만두를 먹을 때마다 그분을 떠올리며 얘기한다.

"무명 때 다미를 초청해 주신 고마운 그분, 지금이라도 다시 찾아가서 노래해 줘야 하는 거 아니야?"

그뿐이 아니다. 농촌에 할머니 할아버지들 스무 명이 채 모이지 않는 교회, 지방의 청소년들을 위한 캠프, 장애 아동과 가족들을 위한 모임, 머리를 민 중학생 남자 아이들 몇백 명이 모인 소년원, 시각장애인 모임 등등. 이렇게 다양하고 예상치 못한 열악한 환경이 나에게 큰 훈련이 되었다. 어떤 환경에서도 그곳에 있는 관객의 눈높이에 맞춰 노래하고 마음을 움직이는 법. 또 나이가 많건 적건, 또 사람이 10명이든 1000명이 있든 간에 최선을 다해 공연하는 법을 배웠다.

그리고 이 시기에 평소에 만나지 못한 엄청난 분들을 만나게 되었다. 가장 낮은 곳에서 소외된 이웃을 돌보는 존경스러운 분들. 돈을 많이 벌거나 훌륭한 일을 한다고 티브이에 나오는 것도 아닌데 정말 낮은 곳, 구석진 곳에서 평생을 묵묵히 소외된 이웃들과 부대끼며 관심과 사랑을 쏟고 있는 그런 분들 말이다.

그때 만났던 분들을 생각하면 지금도 마음이 겸손해질 수밖에 없다. 그리고 나도 현재의 가수 활동으로 어떻게 하면 그분들처럼 소외된 이웃을 돌아보는 데에 사용할 수 있을지 생각하게 된다.

어떤 환경에서도 관객의 눈높이에 맞춰 노래하고 마음을 움직이는 법
그때 만났던 분들을 생각하면 지금도 마음이 겸손해질 수밖에 없다

그 남자, 노아 킴

중학교 3학년 때, 교회 예배 시간이었다. "한국에서 야구 하던 애가 새로 왔대." 새로 남학생이 왔다며 대학생 언니와 오빠들이 술렁였다. 노란색으로 머리를 염색한 한 청년이 웃는 얼굴로 인사했다. 속으로 'HOT 팬인가?' 싶으면서 은근히 멋있다고 생각했다. 넓은 어깨에 미소 띤 얼굴… 그렇다. 나는 노아 킴이라는 이 남자에게 첫눈에 반하고 말았다. 겉으로 티를 내는 성격도 아니고, 학생이었기에 혼자서 짝사랑만 5년간 애태웠다. 노아는 나보다 5살이 많은 교회 오빠였다. 한국에서 고등학교까지 야구 하다가 공부하기로 마음먹고 부모님의 도움으로 호주로 유학 온 학생이었다. 그런데 얼마 지나지 않아 IMF가 터지고 아버님이 실직하시면서 결국 재정적인 도움을 줄 수 없게 되어 다시 한국으로 돌아가야 하는 상황이 되었다. 갑자기 사방이 막힌 힘든 상황에서도 호주에 남기로 했을 때 그의 삶은 180도 달라졌다. 여유 있게 쇼핑하면서 공부하던 그는 학비와 생활비를 혼자서 책임져야 하는 가난한 유학생이 된 것이다.

그는 교회에서 먹고 자면서 숙식을 해결했다. 그리고 오전에는 공장에서 일을 했다가 밤에는 식당에서 일하고, 새벽 청소 일까지 하면서 대학 공부를 이어 갔다. 그러면서도 교회 새벽기도부터 모든 예배에 참석하며 세상에서 제일 바쁘게 살았다. 매일 피곤에 쩔어 살면서도 의지할 곳이 하나님밖에 없었던 그의 상황이 짠하면서도 한편으로는 믿음직했고, 무엇이든 끝까지 할 것 같은 모습에 마음이 점점 더 끌렸고, 더 좋아하게 되었다. 열악한 환경이 그를 더욱 빛나게 만든 것이다.

겉으로 보기에는 부드럽고 유하고, 좋아 보이는 사람인

데, 이야기하면 속이 단단하고, 자신만의 소신이 있는 사람이라서 사람들에게도 항상 인기가 많았다. 그를 보면 자신의 이야기를 하며, 상담하고 싶어한다. 누구나 노아를 신뢰하고 사랑했다.

그가 군복무를 마치고 다시 교회로 돌아온 때, 나는 대학생이 되었다. 다시 만나 반갑게 대화하고 그동안의 안부를 물었다. 그런데 어느 날 나에게 고백하는 게 아닌가? 대학생이 된 나에게 노아는 이제 내가 '학생'에서 '여자'로 느껴진다면서 말이다.

드디어 기다리던 그날이 온 것이다! 나는 너무나 기쁘고 행복했다. 우리는 자연스럽게 데이트를 시작하게 되었고, 만나면 만날수록 '이 사람이랑 결혼하겠구나!'라는 확신이 들었다.

하지만 막상 '결혼'을 하는 것은 나에게 두려운 일이었다. 노아에 대해서 확신은 있었지만, 결혼하면 나의 모습을 빼앗길 것 같아 두려웠다. 특히나 보수적인 한인 사회에서 더 그랬다. '결혼한 여자가 왜 그래?'라는 말을 들을까, 내면화된 공포심이 컸다. 나는 결혼 전이나 후나 여전히 똑같은 사람인데 웨딩마치가 끝나면 갑자기 청소 도구를 들고 앞치마를 두르고 현모양처 코스프레를 해야 할 것 같은 그런 두려움 말이다.

나의 이런 마음 때문에 생각보다 오래 걸렸지만 우리는 내가 스물네 살 때 결국 결혼식을 올렸다. 그리고 몇 달 후에 엑스팩터에 참여하게 되었다. 방송 이후에 찾아온 큰 변화에도 노아가 함께하지 않았다면 난 견디기 어려웠을 것이다. 우승 후 너무 바쁘고 정신이 없어서 집에도 자주 못 갈 때에 1년이나 회사를 쉬면서 그는 나와 동행해 주었다. 내가 가졌던 두려움과 다르게 결혼 이후에 훨씬 더 본격적으로 가수 활동을 하게 된 것이다.

내가 두려워했던 '결혼한 여자'라는 쇠사슬이 아예 없어진 것은 아니었다. 엑스팩터로 많은 관심이 쏟아질 때부터였다. 내가 결혼했다는 이유로 언론사에서는 늘 나의 '임신 소식'에 대해 관심이 컸다. 나는 20대의 파릇파릇한, 일에 열정을 불태우는 가수라고 생각했는데, 사람들은 내 2세 계획에 더 관심을 두는 것 같아 속상했다. 잡지 사진에 조금이라도 배가 나오면 (난 먹는 것을 워낙 좋아하기에) 임신 기사가 먼저 뜨곤 했다. 길 가다가도 사람들이 나를 알아보고 처음으로 하는 질문이 음악에 관한 것이 아니라 '임신'했는지 물을 때면 속으로 불끈 화가 났다.

'결혼한 여자'로 가수 활동의 불편함이 없진 않지만 결혼해서 참 다행이라는 생각을 한다. 노아가 든든하게 내 곁을 지켜주었기에 이 많은 변화와 어려움들을 잘 헤쳐 갈 수 있었다.
주변 남자들이 다 이렇게 아내의 성공을 응원해 주지 않는다는 것을 나는 잘 알고 있다. 아내가 조금 잘 되려고 하면 불안해하거나 자기보다 조금 못나기를 바라는 그런 자존감이 낮은 남자도 있다. 그에 비해 노아는 내가 더 잘되고 더 열심히 하면 자기가 더 기뻐한다. 무대에서 공연하든, 노트북 앞에서 일을 하든 그 모습이 멋있다며 지금도 진심으로 응원해 주는 남자다.

새로운 음반을 낼 때마다 기대하는 마음, 들뜬 마음이 있다. 하지만 두려움도 있다. 사람들의 반응을 예측할 수 없기 때문이다. 그럴 때마다 노아가 해 주는 말이 있다.

"다미는 평생 노래할 사람이야. 70, 80이 되어도 노래를 만들고 콘서트를 할 거니까, 불안해하지 마."

수년 동안 어려운 유학 생활을 겪은 노아는 곁에서 나를 응원해 주면서도 본인의 꿈을 놓지 않고 계속해서 갈고닦았다. 나도 그를 온 마음으로 응원했다. 그가 공장에서 먼지를 뒤집어쓰고 일할 때도 그의 성실한 모습이 너무 멋졌다. 꿈을 포기하지 않고, 어려움 속에서도 계속해서 공부하고 성장하는 모습이 도전되었다.

그는 무사히 대학교를 졸업하고 10년간 호주에서 사회복지사로 일을 하다가 결국 호주의 대학원 심리학자 과정에 도전했고, 합격했다. 그런데 매사 긍정적이고 자신

우리는 서로 힘이 되고 영감을 주는 그런 부부다
서로에게 늘 자랑스럽고 격려가 되는 그런 관계 말이다

감이 넘치는 노아에게도 어려운 고비가 찾아왔다. 첫날 수업을 듣고 오던 날 노아는 표정이 어두워지며 말했다.
"다들 너무 똑똑해. 나만 빼고… 도대체 내가 어떻게 붙은 거지?"
힘들어하는 그를 보면서 영감이 떠올랐다. 생각나는 대로 곡을 써서 그에게 불러 주었다.

It's OK to feel confused sometimes
but don't forget that you still shine
가끔은 헷갈릴 수 있어
그래도 너는 늘 빛난다는 것을 잊지 마!

– 《In Between》에 수록된 〈Super hero〉 중

노래를 듣자마자 그의 눈에서 눈물이 흘렀다. 그리고 힘을 내 포기하지 않고, 노력한 결과 마침내 브리즈번 최초 한국인 심리학자가 되었다. 그렇게 우리는 서로 힘이 되고 영감을 주는 그런 부부다. 서로에게 늘 자랑스럽고 격려가 되는 그런 관계 말이다.

Super Love

한국에서 SBS라디오 출연이 있었다. 방송 중간에 화장실에 다녀오는데 한 신인 걸그룹이 지나가는 나를 보고 꾸벅 인사를 했다. 호주에서는 볼 수 없는 낯선 풍경이었다. 누가 지나가기만 해도 90도로 꾸벅 "안녕하세요!"를 외치며 인사하는 모습 말이다. 옷을 화려하게 입은 걸그룹 멤버들이 깜짝 놀라며 내게 말했다.

"연습생 때 〈Super Love〉로 보컬 연습을 했어요!"

"사진 찍어도 돼요?"

그때 듣게 된 이야기가 한국의 소속사 연습생들이 내

노래 〈Super Love〉로 보컬 훈련을 한다는 것이었다.

〈Super Love〉는 나한테도 특별한 곡이다. 엑스팩터 우
승 후 나의 첫 싱글로 〈Alive〉라는 곡을 발표했다. 방송
으로 큰 사랑을 받은 뒤라서 뜨거운 반응과 함께 차트
1위에 올랐다. 그리고 이제 방송 이후 처음으로 후속곡
을 내야 했다. 여러 작곡가와 작업을 했지만 딱히 마땅
한 곡을 찾기가 어려웠다. 또 처음으로 방송과 상관없
이 가수 임다미로서 내는 곡이라서 부담도 컸다. 음반
사에서 나의 곡들을 담당하는 분과 어떤 곡이 좋을지
상의하는 중이었다.

"스웨덴의 트리니티Trinity라는 작곡팀이 쓴 곡인데 다미
에게 맞는 곡은 아니지만 들어 봐요."
노래를 듣는 순간 전율이 왔다. 특이하고 신선한 멜로
디, 신나는 비트에 청량감 있게 터지는 후렴, 또 밴조와
기타의 조화가 독특한 편곡이 너무 좋은 것이다.
"이 노래 제가 녹음해 봐도 될까요?"

스튜디오에 가서 〈Super Love〉를 처음으로 부른 날, 스튜디오에 사람들이 탄성을 질렀다.

"다미 목소리로 부르니 곡이 살아나요."

그렇게 〈Super Love〉가 엑스팩터 이후 임다미의 첫 싱글이 되었다. 그리고 플래티넘Platinum 인증을 받을 만큼 큰 히트를 했다.

트리니티라는 작곡팀과 함께 다음 곡도 작업하기로 했다. 여자라고 소극적이고 수동적인 것이 아닌, 당당하게 사랑을 쟁취한다는 그런 내용으로 곡을 썼다. 바로 〈Gladiator〉라는 곡이 탄생했다. 이 노래도 많은 사랑을 받는 곡이 되었고 호주에서도 해외에서도 꼭 부르는 노래, 나의 대표곡이 되었다.

Never gonna give up
I won't let nobody harm you
I'ma fight for your love
Like a gladiator

Give it all that I've got

I'm your knight in shining armor

널 절대 포기하지 않을 거야

아무도 널 상처 주지 않게 할 거야

너의 사랑을 위해 싸울 거야

검투사처럼

내가 가진 모든 걸 줄 거야

난 빛나는 갑옷을 입은 기사야

-⟨Gladiator⟩ 중에서

창작과 좌절 사이

내가 처음 곡을 쓴 것은 고등학생 때다. 그때는 오선지
에 손수 악보를 그려 가며 멜로디와 가사를 적어 내려
갔다. 어떤 규칙이나 제약도 없이 그냥 내가 원하는 노
래를 지어낼 수 있다는 생각이 너무 신기하고 재미있었
다. 대학생 때 피아노를 전공하게 되었고, 클래식 피아
노 곡들을 연습하면서 틈틈이 노래를 만들어 부르는
것이 마치 일탈과 같았다. 그때 CCM 곡들을 만들게
되고 대학원에서 노래를 전공하면서 혼자서 'Dream'이
라는 앨범도 완성해 보았다.

비록 보기에 엉성하고 아마추어 같았지만 내가 손수 창작한 노래들을 녹음하고 그럴싸하게 앨범으로 제작해 손에 들고 있다는 것 자체가 뿌듯했다.

지금까지 10년 동안 꾸준히 곡 작업을 하고 앨범을 냈지만, 나는 곡을 만드는 일과 애증의 관계를 맺고 있다. 노래를 만드는 것이 '일'이 되면서부터인 것 같다. 엑스 팩터 우승 이후 메이저 음반사와 계약하게 되면서 신곡을 준비하기 위해 회사에서 여러 유능한 작곡가들과 함께 작곡 세션을 잡아 주었다. 처음 보는 사람들과 하루 동안 스튜디오에 있으면서 곡을 완성하고 녹음하는 것이다.

낯을 가리는 내게 너무도 부담스러운 과정이었다. 게다가 부담이 배가 되도록 만든 것은 음반사가 원하는 '히트곡'을 써야 한다는 것. 사실 '히트곡'의 기준은 너무나도 모호하다. 지금 유행하는 곡을 따라서 쓴다고 내 곡이 또 유행한다는 보장은 없다. 아무도 예측할 수 없는 스타일의 노래가 우연히 '히트곡'이 될 뿐이다.

이런 불편하고 부담스러운 자리에 참석하면 할수록 점점 더 위축되었다. 더 이상 내게 어떤 아이디어가 떠오르는지도 모르겠고, 내 생각을 표현하는 것 자체가 불가능해졌다. 물론 이런 과정에서도 〈Gladiator〉나 〈Smile〉과 같은 많은 사랑을 받은 곡들을 쓴 것은 행운이었다. 하지만 곡을 만드는 것에 자유와 희열을 느끼던 내가 이제는 작곡 생각만 해도 두렵고 부담스러워졌다. 회사에서 주는 부담, 또 스스로 잘해야 한다는 압박 때문에 더 이상 곡 쓰는 것이 즐겁지 않았다. 작곡 세션이 있을 때마다 몸이 얼어붙을 정도였다.

나는 완벽주의에 시달렸다. 완벽주의는 결코 완벽하다는 것이 아니다. 나의 일에서 완벽하다고 느껴지지 않으면 용납할 수 없는 강박이었다. 다른 사람들은 여러 가지 아이디어를 잘도 내는데, 나는 내 아이디어가 부족할까 봐 꺼내지도 못했다. 그런 내 모습에 화가 나고, 그럴수록 더 자신감이 상실되는, 악순환의 고리였다.

'그것도 못 해?'
'그렇게 바보같이 뭘 하겠어.'

이런 식으로 나 자신을 압박하고 혼내기 시작했다. 점점 더 마음이 나락으로 떨어졌다. 좌절하면 할수록 더 자신을 깎아내리고 그럴수록 마음이 무너졌다. 결국은 아무것도 하지 못하고 종일 울기만 하는 지경에 다다랐다. 내 스스로에게 엄격하게 학대하듯 대하면 더 열심히 이 악물고 노력할 것 같지만 사실은 반대였다. 두려움과 좌절은 더욱 악화되었다.
한참 동안 슬럼프에 빠진 내가 오랜 인내 끝에 첫 번째 음반사와 계약을 끝내며 음악에 있어 자유를 찾게 되었다. 그래서 이때부터 새로운 마음을 갖게 됐다.

'그 누구를 위한 작곡이 아니라 내가 하고 싶은 대로, 나만을 위해 써 보자!'

예전에 아무런 제약과 기대도 없이 자유롭게 곡을 만

들던 때처럼… 그리고 자신을 자책하며 학대하는 것을 그만두어야 했다.

정말 쉽지 않았다. 스스로에게 관대하게 말하면 내 자신이 나약해질 것만 같았기 때문이다. 하지만 계속 노력하면서 작은 실천에도 자신을 격려함으로써 곡을 쓰는 것에 다시 마음을 열 수 있었다. 실패에 대한 두려움이 아닌 자유롭고 창의로운 마음가짐을 되찾게 된 것이다. 그리고 노래를 통해서 내가 말하고자 하는 것이 무엇인지를 생각하며 곡을 만들기 시작했다.

그때 쓴 곡이 〈Crying Underwater〉라는 곡이다. 우울증을 앓고 있지만 아무한테도 티를 내지 못하던 친구에 관한 이야기를 담은 것이다.

> If I was crying underwater
> Would you see my tears
> If you knew that I was drowning
> Would you dive into save me
> 내가 물속에서 울고 있다면

내 눈물을 볼 수 있나요
내가 물에 빠진 것을 알았다면
나를 구해줄 건가요

-〈Crying Underwater〉 중

그리고 그렇게 조금씩 나를 격려함으로써 마침내 내
생각과 마음을 쏟은 앨범을 완성하게 되었다. 다른 사
람의 제약과 기준이 아닌 내가 꿈꿔 온 가장 나다운
앨범 《MY REALITY》가 탄생하게 된 것이다.
지금도 곡을 쓸 때면 가끔은 덫에 걸려들 것 같을 때
가 있다. 곡이 잘 풀리지 않을 때, 두려움과 초조함이
엄습해 오는 것이다. 이런 생각에 사로잡히기 시작하면
점점 나락으로 떨어진다.

'넌 곡을 잘 못 써.'
'곡을 못 쓰면 앞으로 가수 생활은 끝이겠지.'
'어차피 안 될 거, 헛수고하는 거야.'

예전에는 이런 식으로 좌절의 덫에 빠지곤 했지만, 이
제는 그러고 싶지 않다. 수년간의 경험 끝에 그 익숙한
좌절에 빠지지 않기 위한 리스트를 적었다. 이 리스트
를 보면서 무너지려는 마음을 다시 제자리로 돌려놓는
것이다. 혹시나 창작하며 좌절을 겪는 이에게 도움이
될 것 같아서 내 리스트를 공유해 본다.

작사작곡을 위한 다미만의 마인드 컨트롤 팁

평범한 노래를 만들어라 : 뭔가 특별하고 대단한 것을 창작해야 한다는 생각에 쉽게 진행되지 않을 때 지극히 평범하고 그저 그런 노래를 만들기로 하면 오히려 생각이 자유로워진다.

두려운 마음보다 약간 더 큰 호기심을 가져라 : 실패에 대해 두려운 마음은 자연스러운 현상이지만 그것보다 조금 더 어린아이와 같은 호기심을 갖고 계속 진행하라.

실패를 두려워하지 말아라 : 같은 아이디어를 놓고 "최악이야!"라고 할 수도 있지만 "좀 특이한데?"라고 할 수도 있다.

스스로에게 친절해라 : 누군가가 내게 해 줬으면 하는 따뜻한 말을 스스로 해 주어라. "오늘 이 정도 한 것도 충분히 잘한 거야!"

Meet the Giant

"대표와 미팅을 신청할게요."

나는 용기 내 음반사 대표에게 만남을 제안했다. 웬만하면 좋은 게 좋은 거라고 조용히 따라가던 나는 더 이상 참을 수 없었다. 유로비전이라는 일생일대의 행사에도 매니저는 동행하지 않았고, 번번이 회사는 이리저리 둘러대며 오히려 나의 활동에 제약을 걸었다. 몇 년 동안 내 음반은 꾸준히 차트에 올랐고 콘서트 투어는 매진되며 성공적이었지만 회사 대표는 왠지 내 활동에 관심이 없는 듯했다. 그는 다른 가수들에게도 그랬던 것처럼 자신의 힘으로 아티스트를 굴복시키고자 했고, 내가 더 이상 순순히 그의 뜻대로 하지 않자, 스태프들과 공들여 만든 뮤직비디오도 사용하지 말라는 어처구니없는 상황이 벌어졌다. 더 이상 이대로 있을 수는 없었다.

내가 회사 대표를 만난다는 것은 여기서 그만두어도 상관없다고 마음먹었다는 뜻이다. 나는 예전처럼 한국에서 10명을 놓고 노래를 하든 어떤 상황이라도 자율적으로 원하는 음악을 만들고 활동하는 것이 더 중요하다고 생각했다. 아무리 돈을 많이 줘도 내가 행복하지 않은 노래는 이제 부르지 않겠다는 다짐으로 대표와의 미팅을 신청했다.

유난히 냉방이 잘되는 회의실에서 각진 슈트를 입은 회사의 임원들과 변호사들을 옆에 앉혀 두고 그는 나에게 긴 시간 설교를 했다. 나를 어떻게 도와줬고, 나에 대해 가장 잘 아는 이가 자신이며 앞으로도 가수 활동에 많은 도움을 줄 것이라고 강하게 설득하려 했다. 자신보다 한참 어린 여자인 나의 기를 죽이려는 것임을 나는 직감적으로 알았다. 그러나 나는 절대 당황하지 않았다. 지금까지 여러 가지로 감사했지만 여기까지인 것 같다고, 인제 그만 나의 갈 길을 가겠다고, 나의 입장을 침착하지만 강하게 말했다. 당황하는 그의 눈빛을 보았다. 나를 쉽게 놓아줄 리 없었다.

나는 회사와 충돌이 있는 상황에서도 활동을 계속 이어 갔다. 하마터면 나를 계약에 묶어 두고 몇 년 동안 아무 활동도 할 수 없게 하는, 최악의 상황이 될 수도 있었기에 긴장을 늦출 수가 없었다.
벌써 데뷔 6년이 넘어가는 이때 난 무엇보다 아티스트로서 나만의 표현과 선택이 필요했다. 가장 나다운 노래를 부르고 싶었다. 그러기 위해서는 나를 가장 잘 알고 또 나의 팬들을 가장 잘 아는 나의 비전을 전적으로 따를 수 있어야 했다. 누구와 곡 작업을 할지, 어떻게 프로듀싱할지, 어떤 콘셉트의 커버 촬영을 할지, 이제는 모든 결정을 스스로 해야 할 때가 온 것이다.

이런 변화를 만들기 위해서는 용기 있는 행동이 필요했다. 내 인생은 내가 매니징해야 한다. '착함'이나 '예의'라는 이유로 회사의 방침을 순순히 따르지 않고, 불편하더라도 목소리를 내야 했다.

어렸을 때부터 늘 '착한 아이'가 되라고, 불편을 끼치는 사람이 되면 안 된다고 우리는 배운다. 하지만 스스로 갈등을 만들어야 할 때도 있는 것이다. 그렇지 않고 숨죽이고 시키는 대로 고분고분했다면 난 더 이상 성장할 수 없었을 것이다. 숨겨진 나의 잠재력을 최대한 발휘하기 위해서는 불편함을 겪어야만 했다. 오랜 긴장과 피 말리는 갈등 속에서 나는 마음을 굳게 하고 포기하지 않았다.

매듭이 지어지지 않는 상황 속에서 1년이라는 오랜 싸움과 기다림 끝에 결국은 무사히 회사에서 나올 수 있었다. 그리고 새로운 음반사를 만나게 되었다. 기존 회사만큼 대형 회사는 아니지만 아티스트의 비전을 존중하는 그런 회사이다.

스튜디오 앨범 3장, 라이브 1장, 크리스마스 앨범 1장등, 드디어 가장 나다운 음악을 만들고 원하는 활동을 하도록 날개를 달게 된 것이다. 넘지 못할 것 같은 산을 만난 건 힘든 시간이었지만, 그만큼 나의 새로운 모습을 발견했고 한층 더 자신감을 가질 수 있었다.

나다운 음악을 만들고 내가 바라는 활동을 할 거야

또다른꿈

대학교 4학년생들이 서로에게 묻는다. "졸업하면 뭐 할
거야?" 보통은 취업한다든지, 다른 공부를 더 하든지,
나름 각자의 계획을 이야기할 것이다. 하지만 음대생들
은 조금 다르다. 정해진 길이 전혀 없기 때문이다.

"모르겠어. 너는?"
"글쎄… 나도 몰라… 어떻게 되겠지."

피아노 전공 1년을 남기고, 졸업 이후의 삶을 고민할

때였다. 어렸을 때부터 여느 한국 아이들과 같이 피아
노를 배우기 시작했고 9살 때 호주에 와서 음악을 통
해 자신감을 느끼게 되었다. 그리고 음악이 나의 큰 정
체성으로 자리 잡은 이후 각종 콩쿠르에 나가 상을 받
으며 피아노로 두각을 나타내게 되었다.

고등학교 마지막 해 대학 진로에 관해 이야기하면서 나
는 큰 고민에 빠졌다. 난 사실 클래식을 좋아하지는 않
았다. 쇼팽, 라흐마니노프, 모차르트 등을 연주했지만
그 음악을 사랑하지는 않았다. 그저 남들보다 잘했고
칭찬받고 상 받는 것이 좋았을 뿐. 전공을 하려고 하니
내가 좋아하는 일과 잘하는 일 중 어떤 것을 택해야
할지, 아주 진부한 고민이 시작된 것이다. 그때 부모님
이 나를 설득하셨다.

"그래도 평생 두각을 나타낸 것이 피아노인데 대학교
졸업장은 받은 후에 네가 진정으로 하고 싶은 것을 찾
아서 하는 게 좋지 않겠니?"

그 말을 듣기로 했다. 그리고 그렇게 4년이라는 시간이 흐른 것이다.

이제 대학 졸업을 앞두고 정말 내가 하고자 하는 것이 무엇인지를 찾아가야 했다. 대학 생활을 하면서 한인교회에서 피아노 반주뿐 아니라 노래를 부르고 찬양 인도를 하면서 노래에 자신감을 쌓았다. 비록 작은 교회이지만, 그 안에서만큼은 내가 최고의 보컬인 것처럼 활약하긴 했다. 그렇다고 선뜻 본업으로 보컬을 삼기에는 두려웠다. 내가 정말 그만큼 실력이 있는지도 모를 일이었다. 어렸을 때부터 노래 실력을 갈고닦은 친구가 많을 텐데, 이제 와서 내가 그 경쟁에 뛰어들 용기가 나지 않았다.

대학 때 교회에서 미션트립에 다녀올 기회가 있었다. 솔로몬 군도라는 호주에서 가까운 작은 섬나라인데 그곳에 현지 아이들을 만나고 함께 자원봉사를 하며 소중한 시간을 보냈다. 그때 동네 아이들이 교회에 모여 낡은 기타 하나를 가지고 정말 멋진 연주를 하는 것을 보았는데, 서로 노래를 부르며 화음을 넣고 천상의 음악을 만들어 내는 것이 감동적이었고, 인상 깊었다.

'음악교육을 받아 본 적이 없는 친구들이 어떻게 저런 영혼을 울리는 노래를 할 수 있을까?'

게다가 몹시 가난한 마을이어서 아이들이 학교엔 다니지 못하지만, 음악으로 자연스럽게 공동체가 하나를 이루면서 교육이 이루어지고 있었다. 그 미션트립은 내 인생에 큰 영향을 주었다. 그러면서 가슴 뛰는 꿈을 품게 했다.

'어려운 환경에 있는 어린이들을 위한 음악학교를 세우고 싶다.'

졸업 후 진로를 생각할 때 음악교육 공부를 더 하고 싶어 지원서를 작성했다. 그리고 동시에 용기를 내어 재즈 보컬 전공 대학원 오디션도 보게 되었다. 둘 중에 먼저 되는 곳이 열리는 길이라고 생각하면서! 그런데 놀랍게도 대학원에 붙었다! 그렇게 얼떨결에 재즈 보컬 전공을 하고 가수 길의 첫걸음을 내디딘 것이다.

엑스팩터 이후에 컴패션 홍보대사가 되어 마스바테섬의 5살 남자아이 로드니를 후원하게 되었을때 나는 결심했다.

'내년에 꼭 다시 와야지.'

컴패션 프로젝트가 막 시작되는 그 마을이 1년 후에 어떤 모습일지 궁금했다. 꼭 다시 찾아가 격려해 주고 싶었다. 1년 후에 다시 찾아갔을 때 나는 놀라운 광경을 보게 되었다. 조그마한 아이들이 줄을 지어 멋진 유니폼을 입고 모여 있었다. 부모님들도 주변에 모여 그 아이들의 모습을 보며 흐뭇해했다. 이 가난한 마을에 희망이 싹튼 것이다.

그때 마침 호주에서 악기 회사의 행사를 갔는데 그 대가로 돈을 받는 대신 악기를 받게 되어 내가 원하는 악기를 마음껏 살 수 있었다. 나는 컴패션 아이들에게 음악을 선물해 주고 싶었다. 기타 20대, 키보드 15대, 드럼 세트, 스피커… 악기를 본 어린이들이 한껏 들떴다.

시끌벅적 신나서 쫑알거리는 모습을 보니 마음이 뿌듯했다.

음악을 통해서 희망을 발견하고 삶의 어려운 순간도 이겨낼 힘을 얻게 되기를… 내가 위축되고 작아질 때마다 자신감을 주었던 악기. 낯선 나라의 이민자로서 외로울 때 늘 함께해 주었던 음악이 그들에게도 깊은 울림과 힘이 되기를…
대학생 때 만난 솔로몬 군도의 아이들이 떠올랐다. 나도 잊고 있던 나의 꿈이 뒤늦게 이루어지는 순간이었다.

어려운 환경에 있는 어린이들을 위한 음악학교를 세우고 싶어

Chapter 5

더 큰 무대에
나를 세워라

엄마, 임다미

"오빠, 이것 좀 봐 봐!"

내 손에는 임신 테스트기가 있었다. 우리 둘 다 충격에 휩싸였다. 결혼한 지 벌써 9년 차. 일부러 아이를 갖지 않고 있었다. 결혼이 내 삶에 가져다줄 변화가 두려웠다면 아이를 갖는 것은 더더욱 무서웠다. "애 엄마"라 불리며 내가 원하는 삶에서 소외되는 것을 원치 않았다. "이제 넌 애 엄마니까"라고 무시당할 것 같은 마음에 미루고 미루면서 커리어에 집중했다.

물론 언젠가는 아이를 가질 계획이었다. 그렇게 마음이

준비되기를 기다렸지만 두려움이 더 컸던 게 사실이다.
'그래, 언젠가는 해야 한다면 눈 딱 감고 시도해 보자!'
이렇게 바로 임신이 될 줄은 몰랐다.
임신하니 소외감에 대한 두려움은 더욱 커졌다. 임신
내내 속이 좋지 않고 또 체중은 계속 불어 갔다. 10kg
으로 금방 늘더니 조금 있으니 15kg, 20kg… 아직 절반
도 오지 않았는데 벌써 20kg이 늘다니 우울하기 짝이
없었다. 더 이상 몸무게를 재지 않기로 했다. 거울 속의
내 모습은 알아보기도 힘들 정도로 못나게 보였다.

가장 두려웠던 것은 이제 아기가 생기면 다시는 돌아갈
수 없도록 삶이 변할 거라는 생각이었다. 그동안 만났
던 친구들도 나를 만나 주지 않을 것만 같았고, 활동도
예전같이 많은 기회가 주어지지 않을 것만 같았다.
임신 기간에 무겁고 덥고 속도 더부룩했지만 불편한
몸을 이끌고 가사를 짓고, 곡을 만드는 일을 계속했다.

Ran into each other

Into a song

Into a problem

That bled into love

서로 마주쳤어

노래 속으로

문제 속으로

그렇게 사랑에 빠졌어

곡 작업을 위해 작곡가 친구와 만나 함께 이런 곡을
만들었다. 당시 무슨 뜻인지는 잘 모르겠지만 그냥 그
날의 느낌을 담아 오묘하고 시적인 가사와 애절한 후
렴을 만들었다. 그렇게 간단하게 데모를 녹음하고 다
른 곡을 쓰며 이 노래에 대해 잊어버리고 있었다. 그리
고 그렇게 10개월의 몸과 마음이 불편하던 임신 기간
이 지나갔고 마침내 출산하게 되었다. 고생 끝에 아기
를 처음 보았을 때 나는 깜짝 놀라고 말았다.

"너무 예뻐…"

솔직히 배 속에 무언가가 움직이고 있다는 것을 알았고, 내 몸이 무겁고 힘들다는 것도 알았다. 그게 내 아이라는 것도 추상적으로 알고 있었는데… 실제로 조그맣고 예쁜 아기가 갑자기 내 앞에 존재하다니, 이것은 엄청난 반전이었다! 내가 상상했던 것보다 깊이 사랑에 빠졌다. 그리고 내가 쓴 그 노래가 무슨 뜻인지 그제야 와 닿기 시작했다.

Collide with every moment
Just let it all out
Dance in the rain
Don't look back
Don't be afraid
모든 순간에 충돌해
그냥 다 내버려 둬
빗속에서 춤을 춰
뒤돌아보지 마!
두려워하지 마!

이 노래는 우리 인생의 계절에 관한 노래다. 찬 바람이 불면 새로운 계절이 온 것을 알 수 있다. 그 누구도 그 것을 막을 수 없다. 그저 겨울이 왔구나, 받아들여야 한다. 그리고 이전의 계절을 보내 줘야 한다.

어제의 계절을 보낼 때 마음에 슬픔이 올 수도 있다. 다시 돌아갈 수 없는 그런 날들. 잠시 슬퍼하고 애도해도 괜찮다. 대신 슬픔이 끝나면 새로운 계절을 두 팔 벌려 안아야 한다. 충돌하듯 다음 장으로 넘어가야 하는 것이다.

나도 아이의 엄마가 된 새로운 인생의 장을 받아들이는 순간에 이르렀다. 예전의 자유로운 시간들, 뭐든 쉽게 결정하고 무조건 도전하면 되었던 그런 날들이 돌아오지 않을 수 있기에, 돌아갈 수 없는 내 인생을 애도했다.

그렇게 시간을 보내고 나니, 새로운 날인 이곳에서도 내가 좋아하는 일을 계속할 수 있다는 것을 발견했다. 낯설고 어색하지만 새로운 모습으로 새로운 마음가짐

으로 삶을 그려 가야 한다는 사실을 받아들였다. 무엇
보다 내가 온 마음으로 사랑하는 존재가 생겼으니!

임신했을 때 만든 곡들을 차례대로 넣은 미니 앨범을
완성했다. '사이'라는 뜻의 《In Between》이라는 앨범이
다. 나의 내면 갈등을 표현한 앨범 그 자체다. 엄마 이
전의 내 모습과 이후의 모습 사이에 느껴지던 감정과
경험을 담았기 때문이다. 초창기에 썼던 곡들은 내가
유부녀라는 이유로 언제 임신하냐고 지겹도록 묻는 세
상에 대한 분노가 가득했다.
그러나 〈Collide〉이라는 곡은 내가 그 내면의 갈등을 이
겨내고, 새로운 운명을 받아들이게 되는 과정을 표현하
였다. 내면의 갈등, 딸에서 엄마로, 인생의 변화를 겪고
있는 모든 이들에게 추천한다. 노래는 감정을 공유하는
힘이 크다고 믿는다. 이 노래가 갈등 상황에 있는 모든
이들에게 위로가 되길 바란다.

All the pain, All the years,

인생은 어떤 크고 화려한 순간들이 아니라 그 사이사이에 일어나는 것
무명 가수에서 슈퍼스타가 되는 사이, 혼자가 아닌 둘이 되는 사이, 딸에서 엄마가 되는 사이
그 모든 사이가 나를 성장하게 했고, 내 안의 영웅을 깨어나게 했다

Every tear a lesson I need
No regrets, standing here,
Done with second guessing
Life is on the in between
모든 고통, 모든 세월,
모든 눈물은 나에게 필요한 교훈
후회하지 말고 여기 서 있어
다시 돌아보지 않아
인생은 사이에 일어나는 것

– 〈In Between〉 중에서

아기가 배 속에 있을 때 이 곡들을 만들고 녹음했는데
신기한 것은 태어나서 지금까지 이 앨범만 틀어 주면
울음을 멈춘다는 것이다. 마치 "엄마, 나 이 노래 알아."
하는 것처럼 따라 부르고 노래에 맞춰 몸을 흔드는 모
습을 보니 뭉클하면서 미소가 절로 지어진다. 출산과 육
아에 오랜 두려움을 갖고 있던 내가 이 소중한 아이를
보면서 인생은 참 예측할 수 없다는 생각이 들었다.

호주의 아침

호주의 아침, 모든 학교에서는 국가가 울려 퍼진다. 그
때 흘러나오는 국가의 공식 버전을 부르는 목소리의 주
인공은 바로 나다. 이민자인 내가 호주의 공식 국가를
부르다니!

1월 26일, 한국의 개천절과 같은 '호주의 날'은 최대의
국경일로 이날을 기념하기 위해 캔버라와 시드니, 멜버
른, 브리즈번, 퍼스, 다윈 등 호주의 주요 도시에서 각
종 크고 작은 기념행사가 벌어진다. 그중에도 가장 대
표적인 콘서트가 시드니항에서 열린다. 시드니 오페라

하우스와 바다 위에 우뚝 서 있는 하버 브리지를 배경으로 열리는 야외 콘서트이다. 많은 인파가 이날 호주의 대표적인 상징물인 시드니항에 몰려 이 공연을 본다. 티켓에 당첨이 된 사람들은 관객석에서 직접 볼 수 있지만 티켓이 없더라도 주변에서 스크린을 통해 공연을 관람하며 불꽃놀이를 즐기려고 몰려든다.

나는 유로비전 이후부터 매해 초대되어 노래를 부르는 영광을 누리고 있다. 생방송으로 전국에 방영되며, 호주에서는 가장 중요한 국경일 행사인데 말이다. 호주는 다민족, 다인종을 추구하기 때문에 나라가 여러 얼굴과 문화를 가지고 있다는 것을 자랑스러워한다. 덕분에 이민자 출신인 내가 호주의 대표로 활동할 수 있다는 것에 자부심이 있지만, 또 한편으로는 혼란스럽기도 했다.

'나는 호주인일까, 아니면 한국인일까?'

나는 평생을 한국 부모 밑에서 한국 음식을 먹으며, 한국 정서를 가지고 자랐다. 어른을 공경하며 쌀밥과 김치 없이는 못 살고 성실함을 중요시하고, 또 성격이 급한 것이 영락없는 한국인이다. 하지만 오랜 시간 호주에서 자라면서 받은 영향도 크다고 할 수 있다. 사회적인 평등에 대해 열정적일 뿐 아니라 당연하게 여기는 태도, 자연을 사랑하고 더불어 살아가는 것. 또 한국인보다 개인주의적인 태도를 갖고 사는 것 등이 그럴 것이다.

호주 사람을 대표하는 행사나 공연에 초대될 때마다 마음 어딘가에 혼란스러움이 있었다. 그렇지만 어느 순간부터 차곡차곡 정리가 되었다. 요즘은 전 세계적으로 글로벌 시티즌이 많아지는 시대이다. 호주는 오래전부터 여러 피부색과 다양한 문화의 사람들로 이뤄진 나라로 서로 다른 모양임을 자연스럽게 여기는 문화이다. 백인우월주의와 인종차별이 사라진 것은 아니지만 방향은 점점 그쪽으로 가고 있다는 말이다. 내가 어렸을 때 한국에서 있을 때는 모두가 비슷한 피부색과 모습을 하고 있었지만, 요즘은 점점 더 다양한 인종의 사람들이 함께 더불어 살아가고 있다.

내가 호주를 대표해서 활동할 때 나는 나의 정체성과 뿌리를 숨기려 하지 않는다. 이미 내가 한국인임을 모르는 사람이 없을뿐더러, 숨기고 싶은 마음도 없다. 오히려 자랑스럽게 한국문화와 내가 사랑하는 한국의 좋은 것들을 이곳에 알릴 수 있는 대표적인 역할을 하는 것이다.

얼마 전 '더 위글스The Wiggles'라는 한국의 '뽀뽀뽀' 같은 국민 프로그램에 출연을 할 기회가 있었다. 그들의 대표곡인 과일샐러드 〈Fruit Salad〉라는 곡을 한국어로 부르게 되었다. 그것도 한복을 입고, 양옆에는 부채춤을 추는 한국인들과 함께. 세계적으로 사랑받는 어린이 프로마저도 한국문화에 관심을 두게 된 것이다.

대형 음반사를 어렵게 나온 후 새로운 회사를 통해 진정한 나만의 음악을 만들 수 있는 기회가 열렸다. 아티스트로서 '임다미는 누구인가'에 대한 고민을 많이 했다. 엑스팩터가 만들어 준 이미지도, 이전 음반사가 만들려고 한 이미지도 아닌, 나라는 아티스트의 진정한 정체성을 표현하고 싶었다.

나는 내 음반에 조금 더 한국적인 것들을 담고 싶어졌다. 나는 누가 봐도 한국인인데 그동안 음악으로도, 음반 비주얼로도 나타내지 못했다. 약간 어색하기도 하고, 팝에 한국적인 것이 어울릴까에 대한 걱정도 있었기 때문이다. 하지만 이제 때가 온 것이다.

한국의 아름다운 전통, 그중에서도 너무도 빛나는 것은 한복이다. 한국에서는 명절 때 입거나 나이가 지긋하신 할머니 할아버지가 입는 의상으로 여겨지기도 하지만, 외국 사람의 눈으로 보았을 때 한복만큼 아름답고 고운 의상이 없다!

뮤직비디오에서 한복을 입기로 했다. 역시 처음에는 한복을 입는 게 어색하지 않을까, 조심스러웠다. 한국 친구들에게 보여 줄 때마다 피식 웃고 왜 한복을 입냐는

반응이었지만 나는 당당하게 한복으로 나를 표현하고
내 음악을 표현하고 싶었다.

호주의 쨍하고 맑은 하늘색과 푸른 바다에서 노래를 부
를 때 내가 입은 하늘색 한복 치마가 날개처럼 너풀거린
다. 단정하게 땋은 머리에서 춤을 추는 하얗게 수놓은
댕기를 보고 외국 친구들이 이렇게 아름다운 옷은 어디
서 구했냐며 감탄했다. 우리의 한복은 어떤 화려한 드레
스보다도 시선을 사로잡을 만큼 독특했으며 호주에서
활동하는 '코리안-오스트레일리안' 가수인 나의 정체성
을 가장 잘 표현해 주었다.

처음부터 이렇게 과감하게 용기를 낼 수 있던 것은 아
니었다. 10년 넘게 가수 활동을 하면서 쌓인 자신감과
스스로에 대한 이해가 있었기에 가능했던 것이 아닐까.
TV 오디션 프로그램 출신으로 이렇게 오랫동안 사랑
받고, 호주를 대표하는 행사에 초대되는 가수는 매우
드물다. 내가 이렇게 롱런 할 수 있던 것에 대해서는 <
세 가지 이유>가 있다고 생각한다.

하나는 포기하지 않고, 꾸준히 활동하는 것. 정말이지 10년 동안 거의 매년 앨범을 만들고 공연 활동을 해 왔다. 비행기를 일주일에도 몇 번씩 타고 집에 와도 곧 다시 떠나야 하기에 짐을 풀 필요가 없을 정도로 활동 을 열심히 했다. 새로운 기회가 왔을 때 두렵더라도 도 전했다. 유로비전이나 댄싱프로그램이 대표적인 예지만 두려움을 마주하며 도전한 순간은 매 순간 계속되었다. 하나의 기회가 또 다른 기회를 낳고 10년 넘게 나의 커 리어를 지속시켜 주었다.

두 번째는 '운'이라고 생각한다. 내가 할 수 있는 영역과 그리고 할 수 없는 영역에서 감사하게도 크고 작은 행 운 같은 우연이 작동했다고 믿는다. 물론 신앙을 가진 나는 하나님의 섭리와 계획이라고 믿는다. 내가 아무리 열심히 해도 그쪽으로 문이 열리지 않을 때가 있고 좀 부족하더라도 자꾸만 기회가 열리기도 하더라. 모든 결 과가 내 능력에 달려 있다고 생각하지 않으니, 성공과 실패의 무게를 내가 전부 짊어지지 않아도 된다.

그리고 세 번째는 주변에 좋은 사람들과 함께한다는 것이다. 내게 아무리 좋은 기회의 순간들이 오더라도 주변에 힘을 주는 사람들이 없었다면 오래가지 못했을 것이다. 사실 나는 열심히 일을 하다가도 종종 투정을 부릴 때가 있다. "안 해 안 해, 못 해. 이제 그만 쉬어야 겠어"를 노래 부르듯이 내뱉는다. 그럴 때마다 나를 격려해 주는 노아가 있다. "그동안 잘해 왔잖아. 다미는 잘하고 있어." 나의 습관 같은 투정에도 한결같이 귀기울여 주고 시기적절하게 위로나 격려를 해 주거나 또는 묵묵히 들어주기도 한다.

나의 매니저 켄은 조금 더 현실적으로 격려를 해 준다. "다미는 늘 고칠 점, 더 잘할 수 있는 점을 이야기하지만, 지금까지 이룬 것을 떠올려 봐. 다미는 지금까지 너무 많은 것을 이루었어." 그러면서 실질적으로 잘해 온 일들을 나열하며 내가 잘한 것들에 대해 기억을 되짚어 준다.

두 사람뿐 아니라 밥 한 끼 먹으며 마음을 풀어놓을

수 있는 좋은 친구들. 나를 위해 기도해 주고 응원해 주는 그런 고마운 사람들이 있다. 이런 사람들이 있기에 지금까지 지치지 않고 가수로서의 커리어를 지속할 수 있었다. 그런데 이렇게 좋은 사람들이 곁에 있는 것은 결코 우연이라고 말할 수 없다.

유명해지기 전부터 나를 사랑해 준 나의 사람들과의 관계를 가꾸려고 계속해서 노력해 왔다. 기회가 될 때마다 그들과 시간을 보내고 안부를 묻고…. 물론 서로 바빠지면서 자주 볼 수 없는 것이 사실이지만… 그래도 기억이 날 때마다 전화기를 들고 먼저 연락할 수 있어야 한다.

대부분 외롭다고 말하면서 먼저 손을 내밀고 연락하지 못한다. 거절에 대한 두려움이기도 하고, 귀찮음 때문이기도 하다. 하지만 그것을 극복하고 관계를 가꾸어야 한다. 물론 스쳐 지나가는 모든 사람들과 다 친하게 지내야 한다는 건 아니다. 그럴 시간도, 에너지도 없다. 하지만 가끔 만나더라도 다른 용건 없이 그저 서로의 삶에서 힘이 되어 줄 수 있는 친구라면 화초에 물을 주듯 그런 관계에 시간과 정성을 들일 가치가 충분한 것이다. 덕분에 커리어에서 승승장구를 하든, 어려움을 겪고 있든, 늘 마음이 풍성할 수 있고 행복감을 느낄 수 있었다.

지난해 출산을 한 이후로 미니 앨범을 세 개나 내고, 전국 투어를 두 번 하고, 호주의 복면가왕에도 출연하고, 바쁘고 정신없이 보내면서 번아웃이 왔다. 몸과 마음이 너무 피곤했고 가족들한테 미안한 마음이 커졌다. 무엇 때문에 한 해 동안 그렇게 많은 일을 해야 했는지 생각해 보았다. 누구도 강제로 시키지 않았는데 말이다. 코로나 덕분에 잃어버린 시간을 만회하고자 했던 마음이 있었다. 그래서 무리하게 계속해서 무언가를 이루려고 했다. 또 '아이를 낳으면 활동이 쉽지 않겠지'라고 말하는 사람들에게 보란 듯이 그전보다 더 많은 일들을 하려고 했던 것도 있을 것이다.

아이를 볼 때 집중이 안 되고, 일에 대한 생각으로 불안하고, 막상 일을 할 때는 아이에게 드는 미안함과 죄책감으로 마음이 복잡했다. 지금 이 순간에 머무르지 못하는 것이 나에게는 빨간불, 멈추라는 신호다. 노래 부르는 것도 싫었고, 마냥 쉬고 싶다는 생각뿐이었다.

예전에도 이렇게 번아웃이 온 적이 있었다. 그때 가족들과 쉼을 위해 유럽으로 여행을 갔는데, 마침 나와 오랫동안 일한 스타일리스트가 이태리 작은 교회에서 결혼식을 올렸다. 아름다운 이태리 산속 시골 풍경 속에서 현지인이 축가를 부르는데, 너무나 특별한 그날에 노래를 너무 못 부르는 것이 아닌가! 그때 나는 '와! 내가 부르고 싶다. 내가 하면 좋았을 텐데, 집에 가서 꼭 불러봐야지.' 하면서 자연스럽게 다시 노래하고 싶은 마음이 솟구쳐 오르는 걸 느꼈다. 아마도 여유 있게 쉬었기 때문에 다시 노래에 대한 열정을 되찾게 된 것이 아닐까. 크고 중요한 무대를 앞두고 마음속으로 수십 번 '이거 끝나면 아무것도 안 할 거야!'라며 마음먹기도 했지만,

사람들은 외롭다고 말하면서 먼저 손을 내밀고 연락하지 못한다

거절에 대한 두려움이기도 하고, 귀찮음 때문이기도 하다

하지만 그것을 극복하고 관계를 가꾸어야 한다

나는 비교적 번아웃을 쉽게 이겨내는 편이다.

나에게 있어 최고의 힐링은 하루 일정을 끝내고, 노아랑 같이 한국 예능을 TV로 보면서 망고를 먹는 시간이다. 호주에서는 망고가 비싼 과일에 속하는데, 그 비싸고 맛있는 망고를 손에 들고, 깔깔깔 배꼽을 잡고 웃으며 예능을 볼 때, '음, 이만하면 성공했어. 잘하고 있어! 비싼 망고를 먹으며 TV를 보다니! 나는 충분해!' 모든 걸 다 가진 기분이랄까? 일상의 고단함과 중압감을 가볍게 훌훌 털어내고, 다시 기쁘게 달려가는 힘을 얻는다. 그래서인지 일정이 바빠서 한동안 '망고 타임'을 가지지 못할 때면, 나는 무척 힘들어진다. '1일 1망고 타임'을 하면서 매일 설레는 '호주의 아침'을 맞이하고 싶다.

세계의 디바, Dami Im

"언니 같은 가수가 되려면 어떻게 해야 하죠?"
"꿈을 이루려면 무얼 어떻게 하죠?"

이런 질문들을 받는다. 나는 내가 상상했던 것 이상으로 많은 것들을 이루었다. 얼떨결에 시도한 방송을 통해 큰 인지도를 얻게 되었고 덕분에 지금까지 많은 기회들이 주어졌으니 참으로 감사한 일이다. 만약 내가 그때 오디션을 보지 않았다면 어땠을까? 지금처럼 큰 무대에 서지 못했을 수도 있지만, 여전히 노래하는 일을 하며 열심히 발버둥치고 있을 것이다. 여전히 지금처럼 새로운 기회를 만들기 위해 애쓰며 여러 재미있는 일들을 찾아 했을 것이다.

가수가 꿈인 친구들에게 "너도 오디션에 도전해 봐. 나처럼 우승할 수 있어." 이렇게 쉽게 말하고 싶지 않다. 모두가 방송에 출연해 우승을 하는 것은 현실적으로 말도 안 되는 일이기 때문이다. 내가 얻은 기회는 드물고 로또에 당첨되는 것같이 어려운 일이라는 것을 나는 알고 있다. 하지만 오디션 로또에 당첨되지 않았다고 해도 나는 결코 꿈을 포기하지 않았을 것이다. 여전히 다른 식으로 내 꿈을 이루어 가며 살았을 것이기에. 나는 노래하고 곡을 만들어 이야기를 전하는 것이 내 인생의 사명이라고 생각한다.

내가 대학생 때 피아노를 지도해 주시는 교수님이 계셨다. 90대를 바라보는 나이가 지긋하신 맥스라는 남자 신사였는데 너무나도 자신의 학생을 사랑하고 평생을 피아노 연주와 제자 키우는 데에 헌신한 분이다. 그는 늘 나의 재능을 아까워하며 더 열심히 피아노의 길에 매진하기를 원했다. 그는 내가 세계적인 콩쿠르에 참여하기를 원했지만 나는 피아노에 큰 열정이 없었기에 수십 가지의 곡을 외워야 하는 그런 콩쿠르에 나가고 싶지 않다고 했다. 그런 나를 보며 어느 날 그가 눈물을 글썽이며 진심으로 내게 말했다.

"You are a communicator."

너는 소통하는 사람이야. 커뮤니케이터. 넌 음악으로 소통을 하는 사람이야. 그 말이 마치 하나님의 목소리처럼 내 마음을 울렸다.

살면서 가끔 그분의 말이 떠오른다. 나는 유명해지는 것이 꿈인 적이 없었다. 방송에 나오는 것도 내 꿈이 아니었다. 나는 음악을 만들고 노래로 사람들과 소통하는 것이 꿈이자 사명이다.

만약 당신의 꿈이 유명해지는 것이라면 그건 이루어지지 않을 수도 있다. 운이 따라 줘야 하고, 복권 당첨 여부는 스스로에게 달린 것이 아니기에 실망으로 끝날 확률이 높다. 하지만 당신의 꿈이 음악을 만들고 많은 사람에게 행복을 주는 일이라면, 얼마든지 할 수 있다고 말해 주고 싶다. 최선을 다해 당신의 재능을 갈고닦아야 한다. 사람들에게 가장 듣기 좋은 음악을 만들기 위해, 매일매일 연습하고 또 고치면서 정성껏 준비한 음악을 기회 닿는 대로 나눌 수 있다면⋯. 작은 무대에 서라도 그런 진심을 담은 음악을 선보인다면 더 많은 기회가 찾아올 것을 확신한다.

내 주변에 훌륭한 뮤지션들이 많이 있다. 그중 인지도가 있는 사람도 있고 비록 대중적인 음악은 아니지만 실력이 워낙 뛰어나 소수의 팬에게 인정받고 존경받는 아티스트도 있다. 음악과 여행을 사랑해서 꾸준히 버스킹하며 새로운 도시에 방문하는 친구. 학생들을 가르치며 틈틈이 자신의 곡을 연주하는 친구도 있다. 이들

은 자신의 음악 세계에 진심이라는 공통점이 있다. 꼭
크게 유명하지 않더라도 각자의 분야에서 성공한 음악
인이라고 말할 수 있다.
훌륭한 뮤지션이 되려면 당신만의 이야기에 자부심을
가져야 한다. 그것이 내세울 수 없는 하찮은 것들이라
도 말이다.

내게는 수많은 약점과 콤플렉스들이 있다. 나는 영어
로 자연스레 소통할 수 있지만 영어로 곡을 쓸 때 아무
래도 현지에서 나고 자란 친구들에 비하면 평생 발버
둥치며 노력해도 부족할 것이다. 한국어도 외국에 오래
산 사람치고 나름대로 자신이 있지만, 한국에서 학교를
초등학교 3학년까지밖에 다니지 않았기에 어색한 표현
이 때론 바보같이 느껴질 때가 있다. 선천적으로 내향
적인 성격도 그렇다. 가수로서 거침없이 끼를 발산하며
재치 있게 인터뷰를 하는 사람들을 보면 주눅이 들기
도 한다.
그 외에도 요즘은 덜 하지만 백인들 위주의 사회에 살

고 있는 동양인이란 정체성. 또 예전에는 '유부녀' 딱지가, 지금은 '애 엄마' 딱지가 붙은 채로 앞으로 나의 설 자리를 위해 싸워야 한다는 부담감도 있다. 하지만 이 모든 것이 내 스토리의 일부이며 그 누구도 따라 할 수 없는 나만의 이야기라는 것을 믿기에 자부심을 가지려고 한다.

물론 때로는 이런 특징들을 숨기고 싶다. 좋은 모습만 포장해서 보여 주고 싶고, 약점을 가리고 나는 늘 강하고 긍정적이고 모든 것이 다 꽃잎이 휘날리는 그런 완벽한 사람인 양, 그런 곡들만 쓰고 싶다는 생각을 하기도 했다. 하지만 그건 예술가가 되고자 하는 마음을 포기한 것이나 마찬가지 아닐까.

작곡가나 작가, 또는 화가…. 어떤 예술을 하든지…. 삶의 깊고 아픈 부분을 나눔으로써 사람들의 마음에 닿을 수 있다. 나의 아픈 부분, 약한 부분들을 예술이라는 매체로 표현함으로써 진정 다른 사람을 위로하는 예술이 나오는 것이다.

나의 스토리는 물론 지금도 계속 쓰이고 있다. 아직도 해결되지 않은 많은 고민과 문제들이 남아 있다. 앞으로 어떤 가수가 돼야 할지, 어떤 음반을 만들지, 어떤 새로운 일에 도전할지, 나의 숙제는 엑스팩터 데뷔 후 10년이 흐른 지금도 여전히 계속되고 있다.

최근에 성공과 행복에 관해 깊은 깨달음을 얻은 일이 있었다. 예전 소속사 직원과 식사를 하게 되었다. 나이도 비슷한 친구라서 둘 다 회사를 나온 뒤로 종종 만나서 안부를 묻곤 했다. 그녀는 음악계에서 일하는 것이 평생 꿈이었지만 전 회사에서 부당한 대우를 받고 퇴사를 했었다. 그리고 한동안 그곳에서 받은 상처 때문에 무척 힘들어했다. 결국 음악계에서 일하는 것을 포기하고 오랜 시간 방황하다가 얼마 전부터 다른 업계에 취직해서 일하고 있었다. 오랜만에 만난 그가 내게 이렇게 말했다.
"난 이제 새로운 분야에서 안정적인 일을 하고 있고, 또 좋은 남자를 만나서 같이 미래도 계획하며 지내고 있어. 내가 예전에 말한 것 기억나? 비록 음악계에 남지 못했지만, 내 꿈이 모두 이뤄진 거야."

그녀가 행복해하는 모습을 보며 나는 충격을 받았다. 내 생각에 그녀는 꿈을 이룬 것처럼 보이지 않았는데, 내가 늘 측은하게 여겼던 그녀가 오히려 나보다 삶에 대해 만족해하고 있던 것이다.

나는 더 많은 일들을 달성하기 위해 끊임없이 매일매을 쉬지 않으면서도, 뭔가 더 이루지 못했다는 생각에 시달릴 때가 많다. 이 친구를 보면서 '꼭 모두가 생각하는 기준에 닿아야 행복한 것이 아니구나'라는 생각이 들었다. 막연하게 모두가 생각하는 목표를 이뤄야만 한다는 그런 기준들. 누구나 부러움을 살 만한 것들 말이다.

"그래미 상 언제 타니?"
"할리우드 진출해야지!"
"팔로워 몇백만 명이 언제 되니?"

나는 이런 것들을 이룰 수 없을 거라는 생각이 들면
갑자기 우울해지곤 한다. 많은 사람이 내가 이룬 성공
을 부러워하지만, 성공에는 만족이 없다는 것….

그러나 이렇게 우울해하는 내 마음을 깊이 살펴보니
나는 이런 것을 원하고 있지 않았다! 물론 그래미상을
받으면 너무도 영광임이 틀림없다. 하지만 그걸 받기 위
해 온 힘을 쏟고 싶지 않다. 때로는 남이 세운 기준에
도달하지 못하는 것 때문에 우울해한다. 남들이 다 원
하는 곳에 집을 사고, 모두가 원하는 직장을 얻고, 인
정받는 그런 것 말이다.

계속해서 내 안에 진짜 원하는 꿈이 무엇인지를 물어
야 한다. 나는 할리우드에 진출할 만한 연기 재능도 없
고 그것을 위해 비행기를 타고 돌아다닐 마음도 없다.
생각만 해도 피곤하고 귀찮을 정도다.

내가 진짜 원하는 것이 뭔지, 진지하게 질문하기 시작
했다. 더 깊이 있는 앨범을 만드는 것이다. 호주에서 몇
년 후에 열릴 올림픽에 초청되어 노래하고 싶다. 돈도

많이 벌어서 우리 가족과 여행도 다니고 맛있는 것도 많이 먹기. 코로나 때문에 무산됐던 아시아 진출 계획을 다시 세워 한국을 포함한 여러 나라에서 내 밴드와 함께 공연하는 것. 등등.

삼십 중반에 이른 지금, 데뷔한 지 10년이 넘은 지금, 아직도 나는 꿈이 많다. 아이가 있다고 해서 그것이 사라지지 않는다. 단지 새롭게 진화되고 업그레이드될 뿐. 앞으로도 멋진 일을 꿈꾸며, 새로운 경험을 많이 할 것이다. 평생 어떤 모습으로든 음악 활동을 지속할 것이다. 그리고 가족들과의 소중한 추억도 놓치지 않을 것이다. 가족도 나에겐 소중한 꿈이기에.

Thank you

책을 제안해 주시고 재미있고 알찬 글이 될 수 있다는 믿음을 갖게 해 주신 김태은 대표님 감사합니다! 덕분에 작업하는 기간 행복하고 가슴 뛰었어요.

원고 쓸 수 있도록 배려해 주고 시간 확보해 준 남편 노아 정말 고마워! 다음에 노아 파란만장 인생 스토리 담은 책 낼 때 내가 응원하고 도울게!

나를 평생 키워 주시고 하고 싶은 일 다 할 수 있게 힘껏 도와주신 부모님 감사합니다. 그리고 이 책 쓸 수 있도록 해리를 봐주셔서 감사해요!

한국어라서 읽지 못하겠지만 늘 곁에서 모든 꿈을 실
현하도록 부지런히 뛰는 우리 매니저 Ken 감사합니다.
The best manager and friend.

이 책이 나오기까지 내게 힘과 용기를 준 나의 팬들.
My fans, Dami Army 감사합니다! 여러분의 응원과 관
심이 없었다면 영어책 『Dreamer』에 이어 한국어로 또
책을 쓴다는 생각은 아예 못 했을 거야! 고맙고 사랑해!

추천사

책을 읽는 내내 가슴이 뛰었다. 내 안의 영웅을 발견한
다는 것은 참 어려운 일이고 기적과 같은 일이다. 나도
내 안의 영웅을 만나기 위해 노력했는데 이 책을 읽으
면서 깨달았다.
항상 그 영웅은 늘 나와 함께 하고 있었구나. 당신도
이 책과 함께 오늘부터 기적과 같은 하루하루가 되길.

- 슈퍼주니어 려욱-

Since meeting Dami in 2013, I have had a front row seat
to cheer her on···and follow her success in both Australia
and Europe. With Dami's huge vocals and kind words
she imprints an indelible message of hope and love in the
hearts of her fans, and now she is ready to inspire those
from her homeland of Korea.

다미를 만난 2013년부터 저는 늘 맨 앞에서 그녀를 진
심으로 응원해 왔고, 호주와 유럽에서 성공하는 모습
을 곁에서 지켜보았습니다. 그녀의 뛰어난 노래 실력과
다정한 노랫말은 팬들의 마음에 희망과 사랑을 아로새
겨 주었습니다. 이제 다미는 고국인 한국에서 그 영감
을 선사할 것입니다!

- Dannii Minogue대니 미노그 -

더 히어로

1판 1쇄 발행 2024년 3월 27일

지은이   임다미
펴낸이   김태은

기획·책임편집 김태은 | 편집 최유정
디자인   김선미
마케팅   (주)맘스라디오

펴낸곳   스타라잇
출판등록   2020년 3월 31일 제409-2020-000020호
주소   서울시 마포구 월드컵북로400, 5층 1호
팩스   0504-051-8027
✉   starlightbooks@naver.com
f ⓘ   starlight_books

ISBN   979-11-980644-5-5 03810